译文经典

棉 被
蒲 团

Tayama Katai

〔日〕田山花袋 著

周阅 译

上海译文出版社

一

　　一道长长的缓坡从小石川的切支丹坡①通向极乐水。他就要沿着缓坡下来时，心想："这下自己和她的关系就告一段落了。一想到自己已经三十六岁，还有三个孩子，竟然会有那样的想法，就感到很荒谬。可是……可是……事实果真如此吗？她把那么浓烈的情感倾注在自己身上，难道只是单纯的感情，难道不是爱情吗？"

　　有那么多饱含深情的信——两人的关系无论怎么看都非同寻常。正因为有妻子孩子、社会舆论以及师生关系的约束，才不至陷入炽烈的恋情。然而聊天时内心的悸动、对视时眼中的闪光，那背后真真切切地潜藏着强烈的风暴。一旦机会来临，潜藏在最最深处的风暴就会在顷刻间乘势兴起，把妻儿、舆论、道德和师生关系一举击碎。至少，他对此深信不疑。但即便如此，想想两三天以来出现的变故，他感到女子确实是虚情假意。有好几次他都觉得她欺骗了自己。但是，正因为这个男人是作家，所以才能够拥有客观审视自己心理的这份从容。年轻女人的心理并不容易判断，那种温暖而愉悦的感情，只不过是女性特有的自然的表现，看似美丽的眼神、让人备感温柔的态度，或许都是无意识和无意义的，就像自然绽放的花朵给人带来慰藉一样。退一步说，即使女子爱恋着自己，但自己是老师，她是学生，自己是已有

---

① "切支丹"的日语假名为"キリシタン"，意为基督教或基督教徒。德川幕府初期，井上政重在江户（今东京）沿小石川坡设置了关押基督教徒的监狱，因此世人又将"小石川坡"称为"切支丹坡"，位于今东京都文京区小石川四丁目附近。

妻小之身，而她是正值妙龄的美丽花朵，可是无论怎样两人都无法遏止情感的发生。不，更进一步说，那封火热的信或明或暗地倾诉着她心中的苦闷，正像有一股自然的力量压迫在他身上一样，当情感最终传达出来时，他却没能解决她的困惑。女性生性腼腆，怎么可能比这更不加掩饰地主动接近呢？或许是出于这样的心理，她感到失望，才发生了这次的事。

　　"不管怎样，已经错失良机。她已经是别人所有了！"

　　他大声喊着，边走边揪自己的头发。

　　他身穿条纹哔叽西服，头戴草帽，手挂藤杖，身体微微前倾，慢慢地走下缓坡。时值九月中旬，残暑依然难耐，但天空中已经弥散着清爽的秋意，黛蓝的天色渐渐清晰起来，触动着人的心绪。鱼铺、酒馆、杂货店、对面的寺院大门、陋巷的简易房屋绵延成排，在久坚町的低洼处，工厂林立的烟囱冒着黑烟。

在众多的工厂中，有一座西洋风格的建筑，二层的一个房间就是他每天午后去上班的地方。在十张榻榻米大小①的房间正中放着一张大书桌，旁边是高高的西式书柜，里面摆满了各种各样的地理书籍。他受托于一家出版社正在协助编辑地理图书。②作家居然当地理图书的编辑！虽然他自称是因为对地理感兴趣才从事这个工作的，但显然内心并不情愿。他的文学经验已经落伍，只写过一些短篇，至今没有得到发挥全力的机遇，为此烦闷不已，每月都因遭受青年杂志的贬损而痛苦，尽管他自认为日后将大获成功，但心里却无法不为现状苦恼。社会在日新月异地发展。火车已使东京的交通大为改观。女学生越来

---

① 日本房间的面积常用榻榻米表示。一般来说一个榻榻米长约1.8米，宽约0.9米，面积约为1.62平方米。
② 作者田山花袋曾经参与《大日本地志》等多种地理书籍的编辑，同时也写作了大量纪行散文。

强势，①已经看不到自己谈恋爱时的那种传统女孩儿了。无论是谈情说爱，还是谈论文学，或是议论政治，青年人的态度都发生了翻天覆地的变化，似乎与自己这代人永远也不可能互相沟通了。

就这样，他每天机械地走过同一条路，进入同一扇门，穿过混杂着印刷机的震耳噪音和职工汗臭的狭长房间，与办公室的人随意地打着招呼，咯噔咯噔地踏上又长又窄的台阶，最后进入那个房间。房间东面和南面开窗，在午后强烈的阳光照射下，炎热不堪。因为小伙计偷懒没有打扫，桌上落了一层白灰，那种不光洁让人很不舒服。他坐在椅子上，抽了一支烟，然后站起来，从书柜里拿出厚厚的统计册、地图、旅游指南和地理书，开始静静地接着昨天的内容继续写。但是两三天以来，由于心烦意乱他几乎写不下去。刚写

---

① 20 世纪初（明治 30 年代中期），日本各地的女校层出不穷，女学生遂成为那一时代的象征。

一行就停下笔来想那件事。再写一行，然后又停下来，总是这样写了又停停了又写。而且这期间浮现在脑海里的，大多都是些片段的、猛烈的、急剧的和绝望的想法。突然，不知因何联想，他想起了霍普特曼①的《孤独的人》②。在情况发展到这个地步之前，他曾想过把这部戏剧作为每天的功课教授给她，把约翰内斯·福柯拉特③的心事与悲哀讲给她听。他是在三年前读的这部戏，那时候连做梦也没想到这个世界上有她存在，但从那时起他就是一个孤独的人。尽管他并不想将自己与约翰内斯相比，但他深切地同情安娜④，觉

---

① 格哈特·霍普特曼（Gerhart Hauptmann，1862—1946），德国剧作家和诗人，自然主义文学的代表人物，1912 年因"在戏剧创作领域丰富、多样而且杰出的贡献"获诺贝尔文学奖。主要作品有《狂欢节》、《铁道守路人蒂尔》、《日出之前》、《织工》、《獭皮》、《沉钟》、《车夫亨舍尔》、《我的青春冒险》等。
② 《孤独的人》（Einsame Menschen），霍普特曼于 1891 年创作的戏剧。女大学生安娜·玛尔来到年轻学者约翰内斯·福柯拉特家，约翰内斯为安娜的美貌和聪慧所吸引，遂邀她在家中住几个星期。两人很快坠入情网，令妻子克特痛苦不堪。在约翰内斯的父母及周围人的道德压力下，两位情人认识到，他们之间的爱情不过是一场梦，于是约翰内斯不得不让安娜离开。当安娜离去时，心碎的约翰内斯独自划船到一片湖上，打算投湖自尽……
③ 《孤独的人》中的男主人公。
④ 《孤独的人》中的女主人公。

得如果真有那样的女人，陷入那种悲剧也是当然的。一想到现在自己连那个约翰内斯都不如，他就长长地叹了口气。

虽然最终没有教她《孤独的人》，但是教了屠格涅夫^①的短篇《浮士德》^②。四张半榻榻米的书房里灯光明亮，她那青春蓬勃的心憧憬着色彩斑斓的爱情故事，富于表情的双眸闪烁着意味深长的光芒。时髦的庇式束发^③、发间的梳篦、发带，灯光映照着她的半身。当她把脸凑近书本时，飘来一种难以言传的香水气味、肌肤的香气、女性的香气——

① 屠格涅夫（俄语 Иван Сергеевич Тургенев，英语 Ivan Sergeevich Turgenev，1818—1883），俄国批判现实主义小说家、诗人和剧作家。主要作品有长篇小说《罗亭》、《贵族之家》、《前夜》、《父与子》、《阿霞》、《处女地》，中篇小说《初恋》、《春潮》以及戏剧《贵族长的早餐》、《单身汉》、《村居一月》等。
② 《浮士德》（*Faust and The Brigadier*），屠格涅夫于 1856 年创作的以爱情为主题的小说，描写一位绅士在故乡遇到了已婚的前女友，他为她朗读着歌德的诗篇，由此发生着围绕着爱情与道德的悲剧故事。
③ 原文为"庇发（ひさしがみ）"，日本女子束发的一种，刘海与两鬓部分向前突出的盘发方式。因女演员川上贞奴模仿西洋发型而开始流行，从明治 30 年代中期开始在女学生中十分流行。

当男人讲到书中的主人公把《浮士德》读给昔日恋人听的那一段时，他的声音也剧烈地颤抖了。

"但是，已经无可挽回了！"

说着，他又揪了一下头发。

二

他名叫竹中时雄。

三年前，第三个孩子开始在妻子腹中孕育，新婚的快乐早已消散殆尽。他已对世上的繁忙工作失去了兴趣，也没有勇气去为毕生的大作倾尽全力，日常生活单调乏味——早晨起床，上班，下午四点回家，一如既往地看到妻子的脸，吃饭，睡觉，他对这样的生活彻底厌倦了。频繁地搬家也不开心，跟朋友聊天依然乏味，搜寻外国小说来读还是无法满足。唉，就连庭院里树木繁茂、雨水滴落、花开花谢这些自然事物，也让他感到平凡的生活变得越发平凡，他寂寞到无处置身的地步。走在路上经常看到年轻美丽的女子，他痛切地想，如果可能的话真希望开始一场新的恋爱。

三十四五岁，实际上这个阶段谁都会感到烦闷，在这个年龄段常有跟下贱女人鬼混的事情，说到底也是聊以慰藉这种寂寞。世上与妻子离婚的人也以这个年龄段居多。

每天早晨，在上班路上他都会邂逅一位美丽的女教师。那时候，与这个女人的相遇成为他日复一日惟一的快乐，他让各种各样的想象围绕着这个女人随意驰骋。确立恋情，带她去神乐坂附近的小旅店，秘密地偷欢会怎么样……背着妻子，两人一起到近郊散步会怎么样……不，岂止如此，那时妻子正怀着孩子，她意外难产死去，之后就把这个女人娶回家会怎么样……能不能做到毫不介意地将她纳为继室呢，他边走边想着这些事。

他收到那封信恰值那一阶段，信中充满了崇拜之情。写信的是神户女子学院①的一个女学生，出生在备中②的新见町，是他作品的崇拜者，名叫横山芳子。提起竹中古城，他写的小说优美典雅，在社会上多少有些名气，迄今为止也收到过不少来自各地的崇拜者、仰慕者的信件。有希望帮助修改文章的，有请求收为弟子的，他不可能一一理会。因此，尽管收到了这个女子的来信，但他并没打算回复，也没有产生好奇。但是，一连收到三封同一个女子的热情洋溢的信，终于使时雄不能不注意了。据说她十九岁，从来信的遣词造句看，她的表达技巧令人惊异，信中传达了无论如何也想成为老师的入门弟子，终生从事文学事业的迫切愿望。字迹肆意而流丽，很像出自时髦女子之手。他的回信照例是在工厂二层的那个房间里写的。那天，对于每日的工作任务——地

①　位于西宫市冈田山的神户女子学院大学的前身。1875 年由美国传教士开设于神户郊外，作为自由开化的女子学校而闻名于日本关西地区。
②　日本地名，即现在的冈山县西部地区。

理，他只写了两页就作罢了，却给芳子寄出了长达数尺的信。信中条分缕析地说明了女性从事文学工作的不妥、从生理来说女性必须恪尽母职的理由，以及以处女之身而成为作家的危险等等，又说了几句训斥的话。这样一来引起她的反感也就让她死心了，时雄想到这儿微微一笑。然后，他从书柜里找出冈山县的地图，研究起了阿哲郡新见町的位置。从山阳线沿着高粱川的河谷逆流而上十几里的深处就是新见町，一想到在这样的山沟里竟有如此时髦的女子，不由得令人心生眷恋，时雄仔细地查看了周边的地形、山脉、河流等等。

时雄以为这下不会有回音了，谁料恰恰相反，第四天收到了更厚的一封回信。在划着蓝线的西洋纸①上，是用紫色

---

① 西洋纸是以纸浆为原料、用抄纸机制造的纸，因从西洋传入而得名，与日本传统工艺的"和纸"（わし）相对。

墨水横向书写①的细细的字。三页的信中反反复复地写着，请不要弃而不顾，一定要将她收为弟子，只要求得父母的允许就到东京来，进入合适的学校，全心全意、认认真真地学习文学。时雄不能不为她的志向所感动。即使在东京——即使是女子学校的毕业生，也并不懂得文学的价值，而来信的字里行间却显示出对文学的充分理解，时雄立即回信认下了这个学生。

从那以后，时雄又多次收到了来信和文章。尽管文章还有幼稚之处，但自然流畅，在时雄看来大有发展前途。随着书信往来，他们越来越了解彼此的性情，时雄开始期待她的来信。有时候时雄想让她寄张照片来，在信的一角用小字写上了，接着又把它黑黑地涂掉了。对于女性来说，姿色这种东西是绝对需要的。容貌丑陋的女人即使再有才华，男人也

① 传统的日语是纵向书写，横向书写是当时的新风尚，另外，紫色也是当时流行的墨水颜色。

不会跟她交往。时雄从心底里觉得，终归是想搞文学的女人，肯定没有什么姿色，不过还是希望她能看得过去。

翌年的二月，芳子得到父母允许，在父亲的陪伴下造访了时雄的家。那天，正是时雄第三个儿子出生后的第七天①。客厅的隔壁就是妻子坐月子的房间，妻子听前来帮忙的姐姐说女弟子容貌秀美，感到十分烦恼。姐姐也担心，把那么年轻漂亮的姑娘收为弟子是想干什么呢。时雄坐在芳子和她父亲对面，详细地说明了作家的境遇和目标，并且就芳子的婚姻问题先询问了她父亲的想法。芳子家在新见町也是数一数二的富家大户，父母都信奉基督教，尤其母亲是一位虔诚的信徒，曾经在同志社女子学校学习。身为长子的哥哥曾留学英国，回国后成为一家国立学校的教授。芳子从新见町的小学毕业后，很快就去神户进入了当地的女子学院，在

---

① 日本有在婴儿出生后的第七天举办仪式进行祝贺的习惯，称为"御七夜"。

那里度过了十分新潮的女校生活。与其他女校相比，基督教的女校在文学上是完全自由的。那一时期，正值政府出台了禁止阅读《魔风恋风》①、《金色夜叉》②等文学作品的规定，不过在文部省还没干涉之前，只要不是在学校里，阅读什么都无妨。在学校附属的教会，芳子体味到了祈祷的神圣、圣诞夜的乐趣、树立理想的美妙，加入到了抑恶扬善的群体当中。尽管刚到女校的那段时间，芳子也痛切地感到对母亲的依恋和对家乡的怀念，但很快就彻底忘却了，开始感受到女校寄宿生活的无限乐趣。不给做好吃的南瓜，就往桶里的米饭上浇酱油来戏弄厨师，看到宿舍里怪僻老太太的脸色，就当面一套背后一套地说她坏话，在这样一群女生中间，怎么可能像在家中长大的少女那样单纯地看待世界呢？

---

① 《魔风恋风》，小杉天外（1865—1952）于1903年开始创作的青春小说，最初连载于《读卖新闻》，二战之后收入"岩波文库"，曾一度绝版。
② 《金色夜叉》，尾崎红叶（1868—1903）于1897年开始连载的长篇小说，尚未完成作者就去世了。

向往美好、树立理想、爱慕虚荣——芳子在不知不觉中耳濡目染了这些风气，兼具了明治时代女学生的所有长处和短处。

时雄孤独的生活至少因芳子的到来而打破了。往昔的恋人——如今的妻子，虽然毫无疑问他们确曾是恋人，但如今已经时过境迁了。四五年来，女子教育日益勃兴、女子大学纷纷设立，女性束庇发、穿绛紫色和服裙裤，已经没有人还为跟男性并肩走路而害羞。在这样的时代，妻子仍然梳着旧式的椭圆形发髻①，迈着鸭子一样的细碎步子，除了温顺与贞洁之外一无所有，忍受这样的妻子在时雄看来无比可悲。走在路上，看到别人带着漂亮而时尚的妻子一起亲昵地散步；拜访友人时，又见年轻的妻子来到席间应对如流地活跃气氛。然而自己的妻子呢，对自己费尽辛苦完成的小说无意

---

① 原文为"丸髷"（まるまげ），日本已婚妇女盘在头顶上的椭圆形传统发髻。

阅读，对丈夫的苦闷烦恼漠不关心，只要把孩子养好就心满意足，面对这样的妻子，时雄无法不发出孤独的喊叫。如同《孤独的人》中的约翰内斯一样，他不能不感到妻子这个人物毫无意义。他的孤独，因芳子的到来而打破了。时髦、现代而美丽的女学生，像仰慕世上的伟人那样"老师！老师！"地叫着，谁能不为之动心呢？

最初的一个月，芳子暂时借宿在时雄家。清脆的声音，娇艳的身姿，与迄今为止时雄那孤独、寂寞的生活形成了何等鲜明的对照！芳子帮着刚坐完月子的妻子编织袜子、围巾、缝制衣服，逗孩子玩儿，她那充满活力的态度让时雄感到仿佛又回到了新婚时刻，每当走近家门就不由得怦然心动。门一打开，玄关处就会出现那张美丽的笑脸和婀娜多姿的身影。以往到了晚上，妻子就和孩子们一起姿态不雅地沉沉睡去，六张榻榻米的房间里油灯徒然地亮着，反而更增加了寂寥清冷。如今无论多晚回到家，灯光下都是一双白皙的手在灵巧地用棒针编织，膝头则是色彩鲜艳的毛线球！欢快的笑声在牛込①深处的篱笆矮墙里回荡。

但是过了不到一个月，时雄就意识到不可能让这位可爱的女弟子这样一直住在家里。顺从的妻子并没有表示异议，也没有显露出反对的样子，但她的脸色却越来越不好。无限的欢声笑语中弥漫着无边的不安。时雄知道妻子的娘家亲戚们正把这件事当作一个问题在调查议论。

时雄在反复地苦思冥想之后，让芳子投奔了妻子的姐姐——一个靠抚恤金和经营裁缝店生活的军人遗孀，同时让芳子从妻姐家到麹町的一家女子私塾走读。

---

① 地名，位于东京都新宿区东部，是住宅及文教地区。

三

　　从那之后到发生这次事件，中间经过了一年半的时间。

　　这期间芳子回过两次老家，她完成了五个短篇小说、一部长篇小说，此外还写了辞藻华丽的文章以及新体诗等数十篇作品。芳子在那家女子私塾获得了英语优等的成绩，在时雄的建议下，她从丸善书店①购买了屠格涅夫的全集。芳子第一次回家探亲是在暑假，第二次是因为得了神经衰弱并时常引发剧烈的痉挛，医生劝她最好暂时回到安静的故乡休养一段，她便听从了医生的劝告。

芳子寄宿的妻姐家位于麴町的土手三番町，在甲武线②火车经过的河堤边上。芳子的书房是家里的客厅，有八张榻榻米大，屋前是一条车水马龙的路，过往行人及孩子的声音喧嚣吵闹。在纸胎漆③的书桌旁有一个书柜，像是时雄书房里那个西式书柜的缩小版，书柜上有镜子、胭脂盒、香粉罐，现在又有了一个装着溴化钾④的大罐子。据说这是在神经过敏发作导致头疼难忍时服用的。书柜里有红叶全集、近松世话净琉璃、英语教科书，还有新买来的屠格涅夫全集格外醒目地吸引着人们的目光。这位未来的闺秀作家放学回

---

① 日本著名书店，总部在东京，以经营外国书籍闻名，在明治时代是日本知识分子接受欧洲新思潮的窗口，现已有多家连锁店。周氏兄弟都从丸善书店买过书，尤以周作人与该书店的关系密切。

② 甲武线是日本明治时代在东京市内从"御茶之水"经"饭田町"、"新宿"开往"八王子"的私营铁路，1906 年 10 月 1 日根据《铁道国有法》被国有化，成为现在的中央本线的一部分。

③ 原文为"一闲张"，是日本传统的和纸漆器，在木质模子上粘贴多层和纸，然后去掉模子，髹漆定型并装饰。据称为江户初期飞来一闲所创。由于其轻巧耐用，深受人们欢迎，常被制成茶道用具等各种生活用品。

④ 溴化钾，英文名 Potassium bromide，可用作神经镇静剂，也用于制造感光胶片、显影药、调色剂等。

来，坐在书桌前，与其说是在写文章，不如说更多的是在写信，所以她的异性朋友应该不少。经常有男性笔迹的来信。据说，其中有一个高等师范学校①的学生和一个早稻田大学的学生，他们经常过来玩儿。

在麹町土手三番町的一隅，如此时髦的女学生并不多见。而且，时雄妻子的娘家在市谷瓮城那边，那一带尤其以旧式商家的女儿居多。所以，芳子在神户学来的时髦装扮至少在这一带的人们看来十分惹眼。时雄经常从妻子那里听到她姐姐说的一些话："姐姐今天又说了，芳子真不好办呐。有男性朋友来访也就算了，可有人说他们有时候晚上一起去拜二七不动明王②，很晚都不回来。姐姐还说，

① 日本的"高等师范"学校最初指指培养初中或女子学校教师的旧制专科学校。这里指公立的东京高等师范学校，即现在的筑波大学的前身。
② 日语称"二七不动"，是位于东京都千代田区的一个小庙，离市谷站不远，供奉着不动明王。"不动"即指不动明王，梵语为 Acalanatha（意为"不动尊者"），是五大明王主尊和八大明王首座。因那里的僧人曾有 27 天禁食的苦修，故又称"二七不动"。值得一提的是，庙的前院安放着切支丹石灯笼，是江户初期的物品，在江户幕府对基督教的严厉镇压下，教徒们在石灯笼上模拟地藏菩萨的样子刻上基像，秘密坚持自己的信仰。小说中芳子就出身于基督徒家庭。

虽然芳子肯定不会干那种事，但周围议论纷纷，真让人没办法。"

时雄听到这些话必定站在芳子一边："像你们这么守旧的人不会理解芳子做的事。只要男女两人一起散散步、说说话，立刻就觉得奇怪、可疑，你们这么想、这么说根本就是太守旧了。如今女性也觉醒了，想干什么就干什么。"

时雄又得意洋洋地把这些论调对芳子说教了一番："女性已经非觉醒不可了，不能再像过去那样依赖别人了。就像苏德曼①笔下的玛格达②所说的那样，女人从父亲手里直接转到丈夫手里，这么没有主见是不行的。作为日本的新女性，必须自觉地思考，自主地行动。"说完这些，他又讲到易卜

① 赫尔曼·苏德曼 (Hermann Sudermann, 1857—1928)，德国剧作家、小说家，创作带有自然主义倾向，内容关注贫富对立等社会问题。主要作品有剧本《故乡》、小说《忧愁夫人》等。在明治末期到大正时代，苏德曼和霍普特曼的名字常常出现在日本作家的笔下。
② 苏德曼的小说《故乡》中的女主人公(1893 年的德文版名为《故乡》Heimat，1896 年英文版标题为《玛格达》)。

生笔下的娜拉①、屠格涅夫笔下的叶莲娜②,说俄国和德国这些国家的女性既拥有意志又富于感情。接着他又说:"但是所谓觉醒,是包含了自省的意味的,所以一意孤行、过分强调自我也不行。必须准备好对自己的行为彻底负责。"

在芳子看来,时雄的这些训导意义无比重大,于是愈发增添了仰慕之情。她觉得这些思想比基督教的训诫更加自由也更具权威。

芳子的装扮对于一个学生来说过于艳丽了。她戴着金戒指,系着时尚、漂亮的腰带,那洒脱的身姿足以吸引路人的目光。与其说她面容秀美毋宁说是表情丰富,那张脸有时无

---

① 娜拉是挪威剧作家易卜生(Henrik Johan Ibsen,1828—1906)的戏剧《玩偶之家》(1879)中的女主人公,她为了给丈夫海尔茂治病伪造父亲的签字向人借钱,丈夫知道后因担心影响自己的名誉地位而斥责妻子不贞。最后娜拉看透了丈夫的自私和夫妻间的不平等,不甘心做丈夫的玩偶而愤然出走。
② 叶莲娜是屠格涅夫的小说《前夜》(1860)中的女主人公,是追求自由和解放的新女性形象。她爱上了一个以解放祖国为己任的保加利亚青年,不顾父母反对,嫁给了他,决心为解放保加利亚而献身。在他们回保加利亚的路上丈夫病故,但叶莲娜依然坚持独自前往保加利亚。

比美丽，有时又有些说不清的丑陋。她眼里闪烁着光芒，传达出异常丰富的表情。时雄常想，直到四五年前，女性的情感表达还极为单纯，只不过生气、欢笑那么三四种表情，但如今越来越多的女性巧妙地把情感表现在脸上，芳子就是其中的一个。

从纯粹的师生关系来说，时雄与芳子之间确实过于亲密了。有一个观察过他们的女人对时雄的妻子说："自从芳子小姐来了以后，时雄先生的样子完全变了呀。他们两人说话的时候，就像两个人的魂都被迷住了。你可不能大意啊。"在旁人看来的确如此，但两人的关系是否真的那么亲密呢?

年轻女子的心容易兴奋，而刚刚还兴奋不已转瞬又消沉暗淡了。她们为细微的琐事而内心悸动，也为无谓的小事而心痛不已。芳子那种似恋非恋的温柔态度，总是让时雄感到困惑。一旦机会来临，冲破道义和世俗的力量要比撕裂一块绸子更加容易。只是，打破这一切的机会并不会轻易降临。

时雄自认为，在这一年中，这样的机会至少已经有两次临近了。一次是，芳子寄来一封厚厚的信，信中含泪诉说了自己才疏学浅，对老师的鸿恩无以为报，因此想要回到家乡嫁作农妇，从此隐没乡间。另一次是，一天晚上时雄偶然造访，恰逢芳子单独在家。只有这两次。第一次，时雄十分清楚那封信的含义，对于该如何回复，他苦恼得彻夜未眠。时雄几次窥视妻子安然熟睡的脸，谴责自己如此违背良心。第二天一早寄出的信，是一副严肃的老师口吻。第二次是在那之后两个月的一个春夜，时雄突然造访，只见芳子浓施粉黛，打扮得很漂亮，正孤零零地坐在火盆前。

　　"怎么了？"时雄问道。

　　"留下看家呢。"

　　"姐姐去哪儿了？"

　　"到四谷买东西去了。"

　　说着，芳子凝神注视着时雄的脸。多么妩媚！时雄在她那充满魅力的一瞥之下不由得心脏狂跳。虽然只是三言两语地聊了些家常，但这些平凡的言谈中隐含着不平凡的意味，他们似乎都对此心领神会。那时候，如果再一起聊十五分钟会发生什么呢？芳子富于表情的眼睛闪闪发亮，言辞娇媚，态度非同寻常。

"你今晚打扮得真漂亮。"时雄故意若无其事地说。

"嗯，刚才，刚洗了澡。"

"粉擦得很白啊。"

"哎呀，老师！"芳子说着笑了起来，身体倾斜，现出娇羞的样子。

时雄很快就回去了。虽然芳子恳切地挽留说"不用这么着急吧"，但时雄说什么也要回去，芳子就恋恋不舍地在月色中送了他一段。她白皙的脸上笼罩着一种深邃的神秘。

进入四月以后，芳子因身体多病而面色苍白，并患上了神经过敏症。即使服用大量的溴化钾也难以入睡，苦不堪言。无限的欲望和本能的力量肆无忌惮地诱惑着正值妙龄的芳子。她终日与药为伴。

芳子四月底回老家，九月返回东京，接着就发生了这次事件。

这次事件不是别的，正是芳子有了恋人。而且，在返京的途中，芳子跟恋人一起去游览了京都的嵯峨。因为游览的两天时间，致使出发日期与到达东京的时间不吻合，东京这边与老家备中那边便互致书信，追问的结果发现芳子恋爱了。芳子表达了恳切的愿望，说他们的恋爱是神圣的，两人决没有做越轨的事，但将来无论如何也要成就他们的爱情。时雄作为芳子的老师，无可奈何地被当成了这场恋爱的见证者和两人的月下老人。

芳子的恋人是同志社的学生、神户教会的秀才，叫田中秀夫，今年二十一岁。

芳子在老师面前向神灵发誓,他们的爱情是神圣的。芳子流着泪说,虽然家乡的父母指责她身为学生却偷偷跟男人一起去嵯峨玩儿,精神已经堕落了,但是他们决没有龌龊的行为。反倒是在京都分别之后他们才相互感觉到爱意,回到东京一看,那个男的写的火热的信已经到了,这样才开始相约未来,情况就是这样,决没有做过越轨的事。虽然时雄内心感受到莫大的伤害,但又不得不为这两人的所谓神圣爱情而尽一己之力。

时雄无法抑制心中的苦闷。被人夺爱,这使他心情极为暗淡。本来,他并没有要把女学生发展成情人的打算。要是有这种明确打算的话,就不会在已经两度降临的机会面前犹豫不决了。但是,他如何能够忍受心爱的女学生——那个为他的寂寞生活增添了美丽色彩,给予他无穷力量的芳子,突然被人夺走呢?虽然因犹豫不决而错过了两次机会,但是在时雄内心深处有一线微弱的希望,他期待着第三次、第四次机会的降临，期待着拥有新的命运，开始新的生活。时雄烦闷不已，思绪混乱。嫉妒、惋惜、悔恨，种种念头绞缠在一起，像旋风一样在脑海中盘旋。身为老师的道义感也与此交织，再加上为了所爱女子的幸福而做出牺牲的念头，使他心中的火焰愈烧愈烈。于是，吃晚饭时他喝了大量的酒，烂醉如泥地沉沉睡去。

第二天是星期天，下着雨，屋后的树林传来哗哗的雨声，令时雄备感凄清。雨水拉成长长的雨线冲刷在老榉树上，让人只觉得那是从无际的空中永无止境地倾泻下来的。时雄既无心看书，也无力提笔。已经入秋，时雄把身体横卧在冰凉的藤椅里，背上传来森森凉意，他一边看着长长的雨线，一边从这件事回想着自己这半生。在他的人生中有过好几次类似的经历。只因一步之差就与命运失之交臂，总是被排挤在圈外，那种孤独、郁闷的苦涩滋味是他经常体会的。在文学领域如此，在社会上也是如此。恋爱，恋爱，恋爱，一想到时至今日自己仍然被裹挟在如此消极的命运中，时雄就感到自身的懦弱和命运的不济直逼心底。他感到自己就是屠格涅夫所说的 Superfluous man！①主人公那虚幻的一生在他脑海中挥之不去。

时雄不堪寂寥，从中午开始就说要喝酒。妻子准备得慢了一点，他就唠叨个不停，又因为端上来的下酒菜不可口而大动肝火，然后自暴自弃地猛喝起来。一壶，两壶，随着酒壶数量的增加，时雄很快就烂醉如泥，对妻子的抱怨也停止了。当酒壶里没有酒的时候，他也只是一个劲儿地嚷着"酒！酒！"然后就把新拿来的酒咕嘟咕嘟地大口喝干。胆小的女佣目瞪口呆地看着，不明所以。开始的时候，时雄对五岁的儿子百般爱抚，又是抱又是亲又是抚摩，但不知怎么孩子哭了起来，时雄十分生气，照着孩子的屁股啪啪乱打，

_____

① "Superfluous man"即多余的人，屠格涅夫的小说《罗亭》中的主人公是"多余人"的典型。

吓得三个孩子远远地围着，惶惑地看着父亲那张未曾有过的、醉得通红的脸。喝了将近一升以后，时雄醉倒在桌边，连桌子打翻了也浑然不觉。过了一会儿，他又用奇怪而缓慢的调子吟唱起了一首十年前流行过的幼稚的新体诗。

　　你或许感到

　　门前徘徊的

　　只有卷起街巷尘埃的风暴

　　比那风暴更狂躁

　　比那尘埃更纷乱

　　爱情的遗骸被拂晓……

　　吟到一半，时雄就那样披着妻子给他盖的被子呼啦一下站了起来，像座小山一样朝客厅那边走去。"去哪儿？你去哪儿啊？"妻子赶紧跟在后边追，但时雄置之不理，照样披着被子就要进厕所。妻子慌忙叫着："他爸，他爸，你喝醉啦！那儿是厕所呀！"

妻子冷不防从后面拽住了被子，总算在厕所门口把被子夺到了手。时雄晃晃悠悠地开始小便，之后就突然横躺在了厕所里。妻子嫌脏，不停地连摇带拽，可时雄就是一动不动，完全没有站起来的意思。虽说如此，他并没有呼呼睡去，而是双目圆睁，脸色酱红，目光锐利地盯着屋外下个不停的雨。

四

时雄照往常的时间一步步地走回了位于牛迗矢来町的家。

三天来，他一直在与苦闷抗争。他生性具有一种不会沉溺的力量。他被这种力量支配着，尽管他常常为此而感到懊悔，但不知不觉还是屈从于这种力量，被它征服。由于这个缘故，他总是站在命运的边缘，饱尝苦涩的滋味，但人们都相信他是个正直的人，值得信赖的人。经过三天的痛苦和烦恼，他总算看清了自己的未来。两人之间的关系也告一段落。今后，他将一心一意地尽到老师的责任，为他心爱的女子谋求幸福。这很痛苦，但痛苦就是人生！他一边这么想着一边回到了家。

一开门进去，妻子就迎了过来。残暑未消，天气依然炎热，时雄西服里面的衬衣已经完全被汗水浸湿了。他脱掉衬衣，换上浆过的白色单和服，刚在餐厅的火盆前坐下，妻子像是忽然想起什么似的，从衣橱上面拿出一封信。

"芳子小姐来的。"

说着把信递了过来。

时雄急忙拆开信封，看到厚厚的一叠信纸，知道一定是关于那次事件的。时雄专心读了起来。

信是用白话文体①写的，文笔极为流畅。

---

① 原文为"言文一致"，日语中使口语同书面语一致的文体。"言文一致"运动始于明治初期，二叶亭四迷、山田美妙、尾崎红叶等人尝试使用与口语接近的语言来创作，之后逐渐普及，最终发展成今天的口语体文章。

老师敬启

其实本来想跟您商量的，但由于事情太急，所以我就自作主张了。

昨天四点收到田中的一封电报，说他六点钟就要到达新桥车站，我真有说不出的惊讶。

我一直相信他不是那种无缘无故就跑来的草率男人，正因如此我才越发地焦虑不安。老师，请原谅我吧。我还是按时去接他了。见面之后一问，他说看了我写的那封说明事情来龙去脉的信之后，非常担心，怕我万一因此而被送回老家，要是那样的话他会非常歉疚，所以连学业都丢下就赶到东京来了。他想跟老师开诚布公地说明一切，向老师道歉并求情，使所有的事都能圆满解决，就是为了这个目的他才突然过来的。然后，我把前前后后对老师说过的话，把老师情深意切的教导，把老师将永远是我俩神圣、真挚爱情的见证人和保护者等等，全都告诉了他。他听到这些，对老师的恩情无比感激，流下了感谢的泪水。

田中好像对我那封语无伦次的信非常吃惊，他做好了充分的心理准备，就连万一出现最坏的情况也都想到了，这才下决心来到东京。他说，万一真到了那样的地步，就请当时一起去嵯峨的朋友作证，证明我们两人之间决没有不纯洁的关系，并坦率地说出我们分手之后相互感受到的爱情，还想请求老师对我老家的父母一一说明情况，他决心这样做才到东京来的。但是，前段时间因为我考虑不周，伤害了父母的感情，在这种时候我们怎么可能跟父母说这些呢？现在，我们想暂时沉默一段时间，彼此怀揣着希望，努力专心于学业，等将来时机成熟——也许要五年、十年以后——再开诚布公地请求父母应允，我们觉得这才是上策，所以决定这样做。老师说过的话我也都全部转告了田中。按理说，既然事情已经办完就最好让他回去，但是看到他疲惫不堪的样子，叫他马上回去的话毕竟说不出口。（请原谅我的懦弱。）我会牢记并恪守老师的教诲——学习期间不要触及感情问题，不过我暂时把他安顿在小旅馆了，因为他难得过来一趟，所以我最后还是忍不住请他在这儿玩儿一天。在此恳请老师原谅。我们两人在炽烈的感情中都保持着理性，所以一定不会像在京都的时候那样，无论如何决不会做超越常轨或让人误解的事。我发誓，绝对不做！最后，请代我向师母问好。

芳子　敬上

读着这封信，各种复杂的情感在时雄的内心像烈火一样彻底燃烧起来。那个叫田中的二十一岁的青年现在就在东京。芳子去接的他。不知道他们干了些什么。他们以前说的那些话也许统统都是谎言。说不定，那个暑假他们在须磨相遇的时候就已经发生了关系，在京都的行为也是为了满足欲望，这次也是相思难耐才追芳子追到东京来的。他们应该牵过手吧。应该拥抱过吧。他们在人们看不见的小旅馆二层不知在干些什么。有没有发生关系也就是刹那之间的事。想到这些，时雄再也受不了了。他在心里狂叫："这关系到监护人的责任！"这样下去不行，不能把这种自由给一个心性还不稳定的女子。不能不监护她，不可不保护她。我们都既有热情也有理性！"我们"是什么意思！为什么不写"我"？为什么用复数？时雄的内心像狂风暴雨一样混乱。田中是昨天六点到的，要是去妻姐家让姐姐问问就可以知道昨晚芳子是几点回家的，但是今天又干了什么？现在又在干什么呢？

妻子精心烹制的晚餐有新鲜的金枪鱼生鱼片、用绿紫苏调味的冷豆腐，但时雄无心品味，只是一杯接一杯地喝酒。

妻子把最小的孩子哄睡，来到火盆前坐下，看到芳子的信在丈夫旁边就问：

"芳子小姐说了些什么？"

时雄一声不吭，把信扔了过去，妻子边拿起信，边死死盯着丈夫的脸，她知道这是暴风雨来临前的浓云翻滚。

妻子读完信，一边叠起来放回去一边说：

"他来东京了？"

"嗯。"

"一直待在东京吗？"

"信里不是写了吗？很快就让他回去……"

"会回去吗？"

"那谁知道啊？"

丈夫的语气很冲，妻子不做声了。过了一会儿，妻子说：

"所以嘛，就是麻烦啊，年纪轻轻的女孩子要当什么小说家，她竟然会那么想，父母也真把她送来，真够可以的。"

时雄刚想说："可是，这样你就放心了吧。"但他止住了，说：

"嗨，管他们呢，反正你们也不懂……还是给我倒点儿酒吧。"

温顺的妻子拿来酒壶，在京都烧制的小酒盅里满满地斟上一杯。

时雄不停地大口喝着，那神情分明是没有酒便无以解忧。喝到第三壶时，妻子担心地问：

"最近是不是有什么事？"

"怎么了？"

"你老喝醉呀。"

"喝醉怎么了？"

"是嘛，总是因为心里有什么事呗。芳子小姐的事不是说不管了吗？"

"混账！"

时雄大喝一声。

妻子仍不罢休：

"可是，喝得太多伤身啊，差不多就行了吧。再跑到厕所里去躺着，你个子那么大，我和阿鹤（女佣）根本搬不动呀。"

"喂，行啦行啦，再来一壶。"

新的一壶喝了一半，时雄已经醉得不轻。脸变成了紫铜色，眼睛也有些发直。他突然站起来：

"哎，把腰带拿来！"

"要去哪儿啊？"

"去一趟三番町。"

"姐姐那儿？"

"嗯。"

"算了吧，多危险啊。"

"危险什么，没事儿。人家把女儿托付给我，我不能放任不管。那个男的跑到东京来，两人一起散步呀什么的，我不能视而不见。让她寄宿在田川（妻子姐姐家的姓）家也不放心，今天我就过去，如果时间还早，就把芳子带回家来。你把二层收拾出来。"

"要让她来家里吗？又……"

"当然！"

看到妻子不愿去拿腰带跟和服，时雄便说：

"好，好，不给我拿和服的话，就这样也行。"说着，在那件白色单和服上系了条脏兮兮的绉绸宽腰带，也没戴帽子，就急匆匆地出门了。"现在就给你拿……真没办法。"时雄身后传来妻子的声音。

夏日的太阳已经西斜。从矢来町酒井家的树林里传来乌鸦的聒噪。家家户户都已吃过晚饭，大门口可以看见年轻姑娘白皙的脸庞，还有投掷棒球的少年。官员模样、留着稀疏胡须的绅士带着束庇发的年轻妻子在神乐坂散步，时雄遇到了好几对儿。激荡的心和烂醉的身体使他摇摇晃晃，周遭所见都像是另一个世界。两边的房屋似乎在移动，脚下的大地好像在沉陷，头顶的天空仿佛要倾覆下来。时雄的酒量本来就不大，又大口大口喝得那么猛，所以酒劲儿一下子就上来了。他忽然想起了俄国贱民醉酒后倒在路旁睡觉的事，又想起自己曾经对一个朋友说，俄国人能够这样真了不起，要沉溺就干脆彻底沉溺到底。他冲口说出来："真笨！恋爱岂有师生之别！"

走上中根坂，从士官学校的后门来到佐内坂上面时，天已黑尽。穿着白色单和服的身影络绎不绝地走过。烟店前面站着一个年轻的主妇。冰铺的垂帘带着一丝凉意在晚风中飘动。时雄双眼迷离地看着这夏日的夜景，一会儿撞在电线杆上险些摔倒，一会儿又掉进浅沟里跪在了地上，一会儿被工人打扮的男子斥骂："醉鬼！看着点儿路！"他像是突然想到了什么，从坡上向右一拐，进入了市谷八幡宫的院内。那里了无人影，鸦雀无声。巨大的老榉树和松树遮天蔽日，左边的角落里，有一棵大珊瑚树枝叶繁茂。各处的长明灯相继点亮。时雄万般难受，一下子躲到了那棵珊瑚树的树荫下，在树根处躺了下来。亢奋的心态、奔放的感情与悲哀的快感等等，膨胀到了极点，时雄一方面痛切地被嫉妒的念头驱遣着，一方面又冷静而客观地审视着自己的现状。

当然，他并没有初恋般炽烈的情感。与其说他在盲目地听任命运的裹挟，不如说他在冷静地评价自己的命运。热烈的主观情感与冷静的客观评判，像一团绞缠的丝线一样牢牢地纠结在一起，形成一种异样的心理状态。

悲哀，痛切入骨的悲哀。这种悲哀不同于华丽的青春的悲哀，也不是单纯的男女之爱的悲哀，而是隐藏在人生最深处的一种巨大的悲哀。逝水的流动，花朵的凋零，在这些萦绕于自然现象背后的不可抗拒的力量面前，没有什么像人类这样空幻和可悲。

大颗的泪珠顺着时雄那满是胡子的脸簌簌落下。

忽然，有件事涌上心头。时雄站起来走出树荫。已经彻底入夜了。院内林立的路灯从玻璃罩里射出光线，上面的"长明灯"三个字清晰可见。看到"长明灯"这三个字，时雄心中一震。他不是曾经带着深深的懊恼注视过这三个字吗？他现在的妻子，那时盘着大大的桃式发髻①，就是这下面人家的女儿。时雄经常爬上这八幡宫的高台，只是为了让那微弱的琴声能够浮响在耳畔。"如果得不到这个姑娘，我宁愿到南洋的殖民地去流浪！"他带着一颗如此火热的心，经常出神地望着门口的牌坊、长长的石阶、神殿、写着俳句的灯笼以及"长明灯"这三个字，思绪翻飞。如今，下面的房屋依旧，只有火车的轰鸣时时划破寂静，妻子娘家的窗户还同往昔一样映出明亮的灯光。多么没有操守啊！仅仅才经过八年的岁月，谁能想到会变成这样呢。那桃式发髻变成椭圆形发髻之后，幸福美满的生活怎么竟变得这般荒凉呢？为什么会产生这样一份新的恋情？时雄从内心痛切地感受到岁月

① 原文为"桃割（ももわれ）"，是日本十六七岁的少女盘发的一种方式，将头发分为左右两边，分别盘成圆形，然后在头顶束在一起，并使两鬓处鼓起，流行于明治、大正时期。

的可怕力量。然而不可思议的是，潜藏在这颗心里的现实，却丝毫也没有发生动摇。

"矛盾也好什么也好都没办法。矛盾，无操守，这些都是事实，所以没有办法，是事实！事实！"时雄在心中反复说着。

时雄仿佛被自然的力量压迫得难以承受，他那高大的身躯又一次躺倒在了旁边的长椅上。蓦然一瞥，只见一轮紫铜色的暗淡的巨大月亮，从八幡宫壕沟边的松树上方悄无声息地升起来。那颜色、那形状、那姿态是何等的清寂。时雄觉得，那种清寂与自己现在的孤寂十分契合，难以承受的哀愁又在他心里弥漫开来。

酒已经醒了。夜露开始凝结。

时雄来到土手三番町妻姐家的门口。

他向里面看了一眼，芳子的房间没有灯光。看来还没回来。时雄心中的火又燃烧起来。这么晚了，在这么黑暗的夜里跟喜欢的男人孤男寡女地在一起！不知道究竟在干什么。

竟然有这种违背常理的行为，所谓神圣的爱情算什么？声称

要证明没有龌龊的行为又算什么？

时雄本想马上进去，但又一想，人还没回来呢进去也没

用，便从门前径直走了过去。每当与女子擦肩而过，他都想

着是不是芳子，一边看着人家的脸一边走。河堤边上、松树

下面、街道拐角，时雄四处徘徊，以至过往的行人都感到奇

怪。已经九点了，快十点了。即便是夏天的夜晚，也不可能

外出到这么晚。时雄觉得芳子肯定已经回家了，就折返向妻

姐家走去，但是芳子仍然没有回来。

时雄走进屋里。

刚一走进里面六张榻榻米的房间，时雄立刻就问：

"芳子小姐呢？"

姐姐还没来得及回答，看到时雄的和服上沾满了泥巴，

大吃一惊：

"哎呀，这是怎么啦，时雄？"

在明亮的灯光下一看，这才发现，白色的和服上，无论肩膀、膝盖还是腰间，到处都是泥巴！

"没什么，在外面摔了一跤。"

"可是，怎么连肩膀上都沾着泥呀？又喝醉了吧？"

"哪儿啊……"

时雄勉强地笑着掩饰道。

紧接着，马上又问：

"芳子小姐去哪儿了？"

"今天早上，她说去中野那边跟朋友散散步，出去以后就一直没回来，应该就回来了吧。有事吗？"

"欸，有点事……"时雄说，"昨天回来得晚吗？"

"不晚，她说去新桥接朋友，四点过出门的，八点左右就回来了。"

姐姐看着时雄的脸问：

"出什么事了吗？"

"没有啊……可是吧，姐，"时雄说着改变了语气："其实，即使把芳子托付给姐姐，要是再发生上次在京都那样的事可就不好办了，所以我想让芳子住到我家，好好地管着她。"

"是吗，那好啊。说实话，芳子小姐是那种很有主见的人，像我这样没有文化的人……"

"不是，不是这个意思。太放任的话，反而对她没有好处，所以我想让她和我们住在一起，好好管教她看看。"

"那太好啦。说真的，芳子小姐也有点……虽然她无可挑剔，又明白事理，又聪明伶俐，真是世上少有，不过有一样不好，就是在晚上满不在乎地跟男的朋友一起散步什么的。我常对她说，要是能改掉这个毛病就好了。然后芳子小姐就笑我，说阿姨的老生常谈又开始了。她还说，因为她老是和男的一起散步什么的，引起了街角派出所的怀疑，有一次家门口还站着一个穿和服的便衣巡警呢。那样的事当然不会有了，所以也没什么大不了的，不过……"

"那是什么时候的事？"

"大概是去年年底吧。"

"太新潮了就是麻烦。"时雄说着，见手表的指针已经指向十点半了，便又说道："到底是怎么回事？年纪轻轻的，怎么这么晚了还一个人在外面走？"

"就快回来了。"

"这种情况有很多次吗？"

"不，很少有。夏天晚上嘛，她肯定以为天还早，所以还在外面走呢。"

姐姐说着话，手里的针线活并没有停下来。她面前摆着一块银杏叶状支脚的大裁衣板，剪开的丝绸料子、缝纫线、剪刀等散乱地四处堆放着。灯光明亮地照射在色泽艳丽的女式衣物上。九月中旬的深夜，微微有些凉意，房屋后面的堤坝下，一列货车发出骇人的轰鸣从甲武铁路上呼啸而过。

每当听到木屐的声音时雄都觉得，这次准是芳子！这次肯定没错！就这样等待着，时钟敲响十一点之后不久，一阵细碎的、轻轻的木屐后跟的声音在寂静的夜里远远传来。

"这次一定是芳子小姐。"姐姐说。

果然，那足音停在了家门口，哗啦一声，格子门打开了。

"芳子小姐吗？"

"哎。"

一个娇媚的声音回答。

门口轻快地闪进来一个高挑的、束着庇发的美丽身影。

"哎呀，老师！"

芳子惊呼一声。她的声音充满了惊愕和困惑。

"回来得太晚了……"说着，芳子来到客厅与起居室之间的门槛处，半坐着，闪电般地迅速窥视了一下时雄的脸色，很快拿出一个用紫色小绸巾包着的东西，默不作声地推到妻姐面前。

"这是什么？……礼物吗？总是这样真过意不去。"

"别客气啊，我自己也吃呀。"

芳子快活地说道。她刚想进里屋，就硬被叫到了灯光耀眼的起居室一角坐下。美丽的姿影，时髦的庇发，华丽的法兰绒和服上系着一条橄榄色的造型漂亮的夏季腰带，芳子微微倾斜地坐着，娇艳动人。时雄坐在她对面，心中有一种难以名状的满足感，先前的烦恼与痛苦已经忘掉了一半。即使对手强大，只要占据了他的恋人就可以放心了，这是恋爱的人常有的心态。

"我回来得太晚了……"

芳子显得郁郁寡欢，又带着些许辩解。

"听说你到中野散步去了？"

时雄突然问道。

"诶……"芳子又迅速瞟了时雄一眼。

姐姐在沏茶，她打开包着礼物的小包一看，正是她最最喜欢的奶油泡芙。"这东西就是好吃啊。"姐姐说出了声。这样，大家的注意力都暂时被吸引到奶油泡芙上去了。

过了一会儿，芳子说：

"老师，您一直在等我回来吗？"

"是啊，是啊，差不多等了一个半小时呐。"

姐姐在旁边说着。

接着，开始了要说的话题。时雄说，他到这儿来是想，只要方便，今天晚上就——行李以后再拿也可以——带芳子一起走。芳子低着头，边点头边听着。毫无疑问，她肯定感到了一种压力。但是从芳子内心来说，住到她绝对信赖的老师——对自己的这次恋爱也全心全意给予同情的老师家去，也没有什么特别痛苦的。甚至，她以前就不太高兴借宿在这种老式房子里，一直希望如果可能的话还像开始那样住到老师家去，所以，要不是今天这样的场合，她反倒会特别欢喜……

时雄恨不得立刻开始打听芳子男友的事。现在那个男的在哪儿？什么时候回京都？这些对时雄来说才是真正重大的问题。但是在毫不知情的姐姐面前，又不能这样直截了当地问，所以整个晚上他对此事都只字未提。大家聊着家长里短，直到夜深。

虽然时雄说今晚就走，但姐姐提醒说，都十二点了，还是明天再走好些。时雄也想过自己一个人回牛込，可是怎么也放不下心来，所以就以时间太晚为借口，决定住在姐姐家，第二天一早一起回去。

芳子睡在八张榻榻米的房间，时雄在六张榻榻米的房间跟姐姐并排铺上铺盖睡了。很快就听到了姐姐细微的鼾声。时钟"当"地响了一声，一点了。八张榻榻米的房间那边好像也睡不着，似乎不时有长长的叹息声。甲武线的货车发出骇人的轰鸣，在这夜阑人静的时候呼啸而过。时雄久久难以成眠。

五

翌日清晨，时雄带芳子回自己家。时雄本来等不及两人单独在一起就想赶紧问问昨天的情况，但是看到芳子低着头默不作声地跟在后面，不由得可怜起她来，就压抑住内心的急迫，不言不语地走着。

一登上佐内坂，过往的行人就少了。时雄突然回过头来问道："后来怎么样了？"

"什么？"

芳子反问着，面带愁容。

"昨天的事啊，他还在东京吗？"

"坐今天晚上六点的快车回去。"

"那样的话是不是得去送送啊？"

"不，不用了。"

对话就此中断，两人都沉默不语地走着。

矢来町时雄的家，二层的三张榻榻米和六张榻榻米的两间房以前一直当储藏室用，现在被打扫得干干净净，给芳子住。由于长期放置杂物——孩子们也在这里玩耍，积了厚厚的一层灰尘，经过扫帚清扫、抹布擦洗，满是雨渍的破旧纸拉门窗也重新贴了新纸，整个房间令人难以置信地明亮起来。屋后酒井家坟地里的大树枝繁叶茂，那惬意葱翠的绿色弥漫了整个房间。邻居家的葡萄架，还有那疏于打理的庭院里优美地绽放在杂草丛中的虞美人，直到现在才映入人们眼帘。时雄选了一幅某位画家的牵牛花挂轴挂在壁龛里，又在柱上挂着的花瓶里插上了迟开的玫瑰花。①中午时分，行李到了，有中式大木箱、柳条包、信玄手提袋、书柜、书桌、被褥等等，要把这些东西搬上二楼相当费力。时雄为了帮忙不得不向公司请了一天假。

书桌摆在了南面的窗下，书柜在书桌左边，书柜上井井有条地摆上了镜子、胭脂盒、瓶子之类的东西。时雄把中式大木箱和柳条包放在壁橱的一头，他正要把一套印花布被褥放进壁橱另一头时，一阵女人的遗香扑鼻而来，时雄产生了一种奇异的感觉。

下午两点左右整个房间基本收拾停当了。

"怎么样？住在这儿心情也不错吧？"时雄似乎有些得意地笑着说，"住在这儿，你就踏踏实实地学习吧。为恋爱

---

① 这里的"壁龛"在日语中是"床の間"，是近世以后日本传统居室的一种装饰空间，也是艺术鉴赏空间。一般比地面高出一截，正面的墙壁用来挂书画，下面的木板上装饰以陶瓷器及插花等，有时也将花瓶挂在壁龛两边的立柱上，花瓶里一般插应季的花卉。"壁龛"的设置使观赏的视点不仅包括墙壁的平面，而且延伸到挂轴前面的摆放空间，鉴赏活动因此而成为对建筑、绘画、陶艺和花草的共同欣赏，使艺术创造与自然美的综合作用在极为有限的狭小空间里得到高度统一。这一建筑设计和欣赏习惯一直保留至今。

问题无谓地烦恼真的毫无意义啊。"

"诶……"芳子低下了头。

"详细情况以后再问你吧，但是现在你们两个要是不集中精力学习的话可不行啊。"

"诶……"说着，芳子抬起了脸，"所以，老师，我们也是这么想的，现在两人都用功读书，把希望寄托在将来，希望能得到父母的同意！"

"那就好。现在要是操之过急，会被别人和父母误解，你们的宝贵、真诚的愿望也就很难实现了。"

"所以啊，老师，我是想专心致志学习的。田中也这么说来着。他还说，一定要拜见老师当面表达谢意，否则会感到过意不去……他好几次让我转达……"

"不必了……"

芳子的话中用了复数的"我们"，言辞也像是已经公开允诺订婚，这都令时雄感到不快。而且，从十九、二十岁的妙龄少女口中说出这样的话来也让他十分诧异。时雄似乎到这时才感觉到时代的变迁。如今的女学生的风格，与自己这代人恋爱时期的少女气质完全不同了。当然，无论是出于自己的观念还是趣味，时雄对于当今女学生的风格都是十分欣赏的，这是事实。接受旧式教育的女性，作为当今明治时代的男人的妻子终归不够格。时雄一贯主张，女性也要自立，要充分培养自己的意志力。这种主张他也多次向芳子灌输过。不过，真看到这样新派、时髦的做法，他又不能不皱起眉头。

第二天，从三番町的妻姐家送过来一张盖着国府津邮戳的明信片，是田中写的，说他已经起程回去。芳子住在起居室的二层，一叫就会立刻应声下来。一日三餐全家都是聚在一起吃。晚上，大家围坐在明亮的灯下，热热闹闹、津津有味地聊天。芳子还给家里编织袜子，脸上总是带着美丽的笑容。时雄完全控制了芳子，总算放心和满足了。妻子因为知道芳子有了恋人，那种危险、不安的想法也烟消云散了。

与恋人的离别使芳子感到痛苦。要是可能的话芳子希望两人都住在东京，可以经常见面，还能一起谈话。但是芳子知道，目前这些愿望都难以实现。她想，直到田中从同志社毕业的这两三年间，除了偶尔鸿雁传书，一定得专心致志地用功读书。所以，每天午后，她就像从前那样去麴町的一家英语私塾上学，时雄也去小石川的出版社上班。

晚上的时候，时雄常常把芳子叫到自己的书房，跟她谈些文学、小说，以及恋爱方面的话题。另外，也为了芳子的未来给她一些忠告。这种时候，时雄的态度是公平、坦率而富于同情的，绝对想像不到这就是曾经烂醉如泥躺在厕所或横在路上的那个人。尽管如此，时雄也并非刻意摆出这样的姿态，在面对芳子的刹那，时雄为了得到心爱女子的欢心，无论付出多大的牺牲也感到值得。

芳子很信赖老师。她甚至认为，等时机成熟，向父母汇报自己的恋情时，即使出现新旧思想发生冲突之类的情况，只要能得到这位鸿恩大德的老师承认就足够了。

　　九月过去，十月来临。寂寥的秋风把屋后的树林吹得沙沙作响，天空的颜色深邃湛蓝，阳光透过清澈的空气斜照过来，浓浓的暮色仿佛晕染着周围的一切。雨水终日不停地滴落在挖过的白薯叶上，菜店里已摆上了松蘑。篱笆下的虫鸣在秋露中日渐衰弱，庭院里的梧桐树叶也枯脆凋落。中午之前有一个小时，从九点到十点，时雄给芳子讲解屠格涅夫的小说。芳子斜坐在书桌前，在老师闪亮的目光中，倾听着《前夜》中悠长的故事。叶莲娜执著于爱情而又意志坚强的性格，哀伤而悲壮的结局，都深深地打动着芳子。芳子把叶莲娜的爱情故事比附在自己身上，将自己置身于小说之中。叶莲娜的爱情命运——无缘爱恋该爱的人，却将一生托付给了一个意想不到的人，芳子当时的心情与此如出一辙。她做梦也没有想到，在须磨海滨偶然收到的一张印着百合花的明信片，竟然带来了如今的命运。

面对着雨中的树林、黑暗中的树林、月色下的树林，芳子对那些往事思来想去。京都的夜行火车、嵯峨的明月、游览膳所①时夕阳在湖面上的美丽映射、旅馆后院里胡枝子花如画般的盛开。芳子觉得那两天的游览确实如梦境一般。接着，她又想起爱上那个人之前的事，须磨的海水浴、故乡山中的明月、生病之前的日子，特别是那时候内心的烦闷，一想到这些，芳子的脸颊就泛起了红晕。

除了空想还是空想，那空想不知何时化作长长的书信寄到了京都。从京都也几乎每隔一日便有厚厚的信札到来。无论怎样放笔书写也写不尽两人的情感。由于信件来往过于频繁，时雄趁芳子不在的时候，以监护为借口，压抑着良心的

----

① 日本地名，是现在的滋贺县大津市的一部分，位于琵琶湖南端，以风光秀丽著称。

谴责，悄悄地翻找芳子书桌的抽屉、信匣等等。他找到两三封那个男子的来信迅速浏览了一下。

信中处处充满了恋人间的甜言蜜语，但时雄费尽心机地想要找出比那更深的秘密。会不会在某些地方显露出接吻的痕迹、性欲的痕迹呢？两人的关系有没有发展到超越神圣的爱情呢？但是，从这些信中也无法了解他们恋爱的实情。

一个月过去了。

有一天，时雄接到了一张寄给芳子的明信片。是用英语写的。他若无其事地看了看，上面写着，准备好一个月左右的生活费就过去，然后看看能否在东京找个解决温饱的工作，落款是京都田中。时雄心里一阵狂跳。生活的平静一下子被打乱了。

晚饭后，时雄向芳子问起了这件事。

芳子一副为难的样子说："老师，真的不好办啊。田中说要来东京，我劝阻了两三次呢，可是，他说什么这次的动机是因为彻底厌倦了从事宗教工作，讨厌过虚伪的生活，所以他无论如何也要来东京。"

"他来东京，是要干什么呢？"

"他说要从事文学工作……"

"文学？他说的文学是什么？是要写小说吗？"

"诶，应该是吧……"

"愚蠢！"时雄大声喝道。

"我真的很为难啊。"

"是你劝他这么干的吧？"

"不是啊。"芳子使劲儿地摇着头，"那样的事我怎么会……我告诉他，现在我的处境很为难，所以他至少也得从同志社毕业，前段时间他第一次说要来的时候我阻止了，可是……他说自己已经做出了最后的决定，还说现在已经不可能挽回了。"

"为什么？"

"有个叫神津的人是神户的一名信徒，他替神户的教会给田中出学费。田中对他表明自己不可能从事宗教工作，说将来想以文学安身立命，希望他能让自己去东京。结果，神津先生非常生气，告诉田中既然那样以后就不管了，随他的便。田中说他已经把一切都准备好了，真的不好办呀。"

"真糊涂啊！"时雄说，"现在你再劝阻他一次。什么以写小说安身立命，根本就不可能，完全是空想，痴心妄想。而且，田中到东京这儿来的话，我很难尽到对你的监护义务，就不可能再关照你了，所以你要严厉地阻止他！"

芳子显出更加为难的样子说："我可以劝阻他，不过我的信可能会跟他错过。"

"错过？这么说他已经动身了？"时雄瞪大了眼睛。

"刚来的信上说，即使回信也会错过的。"

"刚来的信，是刚才那张明信片之后又来了一封？"

芳子点点头。

"真烦人。所以啊，年轻的空想家就是没用。"

平静再次被搅乱了。

六

隔了一天，田中发来一封电报，说将在今晚六点到达新桥。拿着电报，芳子不知所措。但是，时雄因不能让一个年轻女子在晚上单独外出，所以没有允许芳子去新桥接站。

第二天，芳子说要面见田中，劝说他无论如何得回京都，于是去了恋人那里。田中住在车站前边一家叫鹤屋的旅馆里。

时雄从出版社回家时想，芳子肯定还没回来，但是芳子已经面带微笑出现在大门口了。时雄一问，原来是田中认为既然都已经来了，无论如何也不回京都。芳子跟田中争论到快要吵起来了，但他还是坚决不同意。芳子说，田中是来东京投靠老师的，但听了芳子的话当然也能理解。他也非常理解老师在监护上的不便，但事已至此不能回头，所以只能自食其力想办法寻求谋生之路，接近自己的目标。时雄感到颇为不快。

时雄曾想随他们去吧，也曾想放手不管。但是作为卷入其中的一员，他怎么可能当作与自己毫不相干。之后的两三天，芳子没有去见过田中的迹象，也都在放学时间准时回家，但时雄一想到芳子会不会假称去学校而实际去了恋人那里，就不由得疑窦丛生，妒火中烧。

时雄懊恼不已。他的心思在一天之内反复地变化。有时候他想完全牺牲自己，竭力成全这两个人；有时候又想干脆把全部实情通报芳子的家人，彻底拆散他们。然而不论哪种做法都做不出来，这就是他此时此刻的心态。

妻子忽然对时雄耳语道：

"他爸，二楼，在做这个呐，"妻子模仿着做针线活的动作，小声说，"肯定是……给那个人做的。蓝底碎白纹的和服长外褂！还买了白棉纱的长绳呢。"

"真的？"

"是啊。"

妻子笑着说。

时雄哪里笑得出来。

芳子红着脸对时雄说，老师，今天我稍微晚点回来。"是去他那儿吗？"时雄问。"不是！回来路上去朋友那儿有点事儿。"

那天黄昏，时雄下决心去了芳子恋人的住处。

这个叫田中的男子中等身材，略胖，肤色较白。他以长篇演说式的雄辩语气仪式性地进行申辩之后，带着一种祈祷时的眼神，仿佛乞求同情般地说道："实在是，对老师您万分抱歉，不过……"

时雄热血上涌。"可是，你，明白的话，回去不是挺好吗？我是为你们的未来着想才说这些的。芳子是我的学生。出于责任，我不忍心让芳子辍学。你如果说非在东京不可的话，要么让芳子回老家，要么向她父母坦白你们的关系，求得他们认可，二者必选其一。你不会自私到为了自己让所爱的女人埋没在山沟里吧？你说因为这次的事，你对宗教工作产生了厌恶，可那只是一种想法，只要你忍耐一下，待在京都，一切都可以圆满解决，你们俩的关系将来也是有希望的。"

"我都明白……"

"但做不到，是吗？"

"真的很对不起……可是我连校服、帽子都卖掉了，到现在想回也回不去了……"

"那么让芳子回老家吗？"

田中沉默不语。

"那是让我告诉她父母吗？"

还是没有回答。

"我来东京，倒没打算跟这些事情有关联。即使我住在这儿，两人之间也并没有什么……"

"那只不过是你这么说。但是，这样的话，我没法监护芳子。爱情这东西，说不定什么时候就沉溺进去了。"

"我不会那样的啊。"

"能发誓吗？"

"只要安安静静地学习，就不会发生那样的事啊。"

"所以才不好办。"

这样的对话——不得要领的对话，反反复复持续了很长时间。时雄从将来的希望、男人的牺牲、事情的进展等方面，苦口婆心、想方设法地劝他回家。时雄眼前看到的田中秀夫，并不是想象中那个俊秀的堂堂男子，也没有天才气质。在麴町三番町街上的这家廉价旅馆，当时雄在这个三面墙壁、暑热不堪的房间里与田中初次相见时，他切身感受到的，首先是田中那讨厌的、令人不快的态度，那种基督教熏陶出来的道貌岸然和与年龄不符的老成持重。尽管他有着一口京都腔和白皙的面颊，也多多少少有些亲切，但时雄还是不能理解芳子在众多青年中惟独选中这样一个男子的心理。尤其让时雄感到极端厌恶的，是田中那冠冕堂皇的态度，那种毫不天真直率、对于自己的错误和缺点寻找种种理由强词夺理试图辩解的态度。尽管如此，但实际上，在时雄激动的头脑中，这些感觉并不是一下子就直觉式地清晰呈现出来的，当他看到放在房间角落的小旅行包和寒酸可怜的白底和服时，便想起了自己充满幻想的年轻往昔，觉得田中一定也是这样为了爱情而苦闷、烦恼，那时他并非没有萌生过怜悯之情。

即使在如此闷热的房间里面对面地正襟危坐，两人还是至少谈了一小时以上。谈话最终也不得要领。"现在你先重新考虑一下。"时雄最后说了这么一句，就打道回府了。

　　不知为何，时雄总觉得自己很傻。他感到似乎做了件愚蠢的事，连自己都嘲笑自己。他想起自己说了些言不由衷的客套话，为了掩藏内心深处的秘密，甚至说出要成为两人爱情的温情保护者。他又想起自己还说要托人帮田中介绍一份报酬低廉的翻译工作。这么一想，他不禁骂自己是个窝囊的老好人。

　　时雄曾考虑过多次，不如干脆向芳子的家人汇报了吧，可是以怎样的姿态来汇报，这可是个大问题。他相信两人爱情的关键掌握在自己手中，正因如此，他感到责任重大。他既不忍心因为自己的无理嫉妒和不当恋情而毁掉所爱女子的炽烈爱情，同时又难以承受做自己所说的"温情保护者"，使自己处于道德家般的境地。另一方面，他也怕此事一旦告知芳子家人，芳子就会被她父母带回家乡。

第二天晚上，芳子来到时雄的书房，低着头，轻声述说了她的愿望。她说，无论怎么劝说田中都不回去。但是假如把这事通报了自己家人，可想而知不会得到父母应允，说不定时机合适就马上过来把她接回去。既然田中好不容易来到了东京，而且两人之间的感情也并不像社会上的男女恋情那样浅薄，所以她发誓，他们绝对不会有不纯洁的行为，也绝对不会沉溺于感情而不能自拔。文学的道路是艰难的，想要写小说成名对田中这种人来说也许并不可能，不过如果将来两人走到一起，还是想选择双方都喜欢的道路。请求老师暂时让田中就这样待在东京。时雄没能无情地拒绝这一无可奈何的恳求。他一方面怀疑在京都嵯峨期间这个女子的行为是否守节操，一方面又相信她的辩解，认为这两个年轻人之间还不至于发生那种事。即使对照自己年轻时的经验来看，也觉得就算他们拥有神圣的精神恋爱，肉体关系也决不是那么轻易实现的。于是，时雄说，如果两人不沉溺于感情的话，就让田中暂时这样待一段时间也可以。接着，他又针对精神的恋爱、肉体的恋爱、恋爱与人生的关系、有教养的新女性应该恪守的原则等等，条分缕析地进行了殷切而真诚的训导。诸如：古人训诫女性恪守节操，与其说是一种社会道德的制裁，不如说是为了保护女性的独立；一旦对男性以身相许，女性的自由就会彻底毁灭；西方女性深谙此间道理，所以男女交往也没有什么不妥；日本的新女性也必须如此，等等，这些都是时雄训导的主要内容，但他针对新派女性的言辞尤为痛切。

芳子低头听着。

时雄乘兴又说：

"那么他到底打算怎么生活呢？"

"他应该做了点儿准备才来的，待一个月左右的话大概没问题，不过……"

"要是有什么合适的工作就好了。"

"其实他是想仰仗老师的，他人生地不熟地就来了，所以特别失望。"

"可是也太突然了。前天见到他时我就这么想，真是不好办啊。"时雄笑了笑。

"又要让您操心了……让您如此费心真是万分抱歉。"芳子一副恳求的样子，脸也红了。

"还是别担心吧，总会有办法的。"

芳子出去后，时雄的表情一下子变得阴沉不快。"我……我能成全他们的爱情吗？"他扪心自问。"幼鸟到底要找幼鸟来配。像我这样的，已经不再有吸引幼鸟的美丽羽毛了。"这么一想，一种无法言说的寂寞浓浓地涌上心头。"妻子和孩子——人们都说这就是家庭的快乐，但这又有什么意义呢。妻子为了孩子活着，她也许还有生存的意义，但丈夫被孩子夺走了妻子，又被妻子夺走了孩子，他怎么可能不寂寞呢？"时雄直勾勾地盯着油灯。

桌子上摊开着一本莫泊桑的《像死一般坚强》①。

过了两三天，时雄照往常的时间从出版社回到家，刚在火盆前坐下，妻子就小声说：

"今天来了哦。"

"谁来了？"

"二楼的……那个芳子小姐的心上人。"妻子笑着说。

"是吗……"

"今天一点左右，有人在大门口问家里有人吗，我出去一看，门口站着一个圆脸、穿碎白纹和服外褂和白条纹裙裤的书生。我刚以为又是来送稿子的学生，他就问，横山小姐

---

① 《像死一般坚强》（1889），是 19 世纪后半期法国批判现实主义作家莫泊桑
　 （Guy de Maupassant，1850—1893）的长篇小说，描写富有的名画家贝尔丹，十
　 几年来爱着被丈夫冷落的漂亮女人吉罗瓦伯爵夫人。小说表现了中老年人并未丧
　 失的恋爱的动力，在特殊情景下爆发出来的爱情力量并不亚于死神的力量。

在这里吗。哎呀，我觉得好奇怪，一问名字，说是田
中……。哈，那么就是那个人喽。真不讨人喜欢啊。芳子小
姐怎么就爱上了那么一个人呢，那样一个书生，好人有的是
啊。芳子小姐也真够特别的。就他那样子肯定没前途呀。"

"后来呢？"

"芳子小姐当然很高兴，不过好像挺难为情的。我端茶
上去的时候，芳子小姐正坐在桌前。那人在她对面，突然打
住了正在说的话，一言不发了。我觉得很奇怪就马上下楼
了，……总觉得怪怪的，……现在的年轻人真是无所顾忌，
我年轻那会儿被男人看一眼都害羞得不得了……"

"时代不同了嘛。"

"不管时代怎么不同，他们都太新潮了嘛。就跟堕落书
生一样啊。应该只是表面上像，内心不会那样的吧，不过我
还是觉得挺奇怪的。"

"那些事就不去管它了。然后呢？"

"阿鹤（女佣）说帮她去买东西，但她说不用，自己出门买了糕饼和烤白薯回来请他吃。……阿鹤也笑他们呢。阿鹤说，她上楼给他们加开水的时候，两人吃白薯吃得正香……"

时雄也忍不住笑了。

妻子又继续说："后来他们聊了可长时间呢，声音挺大的。好像还争论了什么，芳子小姐似乎一点也不示弱。"

"那他什么时候回去的？"

"刚才不一会儿。"

"芳子在吗？"

"不在，她说因为田中不认识路，所以要送他一程，就走了。"

时雄的脸色阴沉下来。

吃晚饭的时候，芳子从后门回来了。像是急急忙忙跑回来的，上气不接下气。

"送到哪儿了？"

妻子问。

"神乐坂。"芳子回答后，又像往常一样对时雄说了一句"您回来啦"，就直接咯噔咯噔地上了二楼。原以为她马上就下来，但却迟迟不见人。"芳子小姐，芳子小姐。"妻子喊了大约三次，才听到一声长长的回答"哎——"，人还是没有下来。阿鹤上去迎她，这才好不容易从二楼下来了，但她没到摆好晚饭的餐桌前，而是到柱子旁边斜斜地坐了下来。

"不吃晚饭吗？"

"不想吃了，肚子很饱。"

"是白薯吃多了吧。"

"哎呀，师母您真是的。好了，师母。"

说着假装嗔怪地瞪了一眼。

"芳子小姐，你有点怪怪的。"

"为什么？"芳子把声音拖得长长的。

"不为什么呀。"

"那就好，师母。"

说完又瞪了一眼。

时雄沉默地看着芳子的媚态，内心的烦乱不言而喻。一种不快的感觉汹涌袭来。芳子迅速瞥了一眼时雄的脸，对他的不快一目了然。于是，马上改变了态度：

"老师，今天田中来了。"

"听说了。"

"他说本来应该拜见老师当面致谢，说改日再来……叫我向您问好……"

"是吗？"

时雄说着，忽然站起来走进书房去了。

只要芳子的恋人在东京，即使把芳子安置在家中二层监管着，时雄也片刻不得安宁。阻止两人见面是绝对不可能的。通信当然也无法禁止，"今天去一趟田中那儿，晚回来一个小时。"对于这样公开的请示也无话可说。而且，尽管对那个男子的来访极度不快，但事到如今也不能拒绝他来。不知不觉中，时雄已经被这对恋人当成了他们爱情的"温情保护者"。

时雄常常焦躁不安。必须要写的稿子堆了好几篇。又被出版社催促。还需要钱。然而无论怎样都无法进入那种提笔缀文的平静心态。他也曾试过强迫自己写，但思绪混乱。就连读书也是没读两页就读不下去了。每当看到两人相恋的温存，他就妒火中烧，拿无辜的妻子撒气，借酒浇愁。有时借口晚饭不合口味就把餐桌踢翻。有时过了半夜十二点才醉醺醺地回家。芳子看到时雄这些粗鲁无礼的行为感到很难过，她带着歉意对时雄的妻子说："都是因为我太让老师操心了，都是我不好啊。"芳子尽可能地不让别人看到她跟田中的书信来往，见面也是三次当中会有一次从学校逃课偷偷地去。时雄发觉之后更加烦恼了。

秋季即将结束，瑟瑟秋风吹过大地。屋后林子里的银杏满树金黄，为傍晚的天空晕染了美丽的色彩。篱笆墙边的路上，卷翘的落叶在风中沙沙地滚动着。伯劳鸟的高声啼叫阵阵传来。正是在这段时间，两个年轻人的恋情终于发展到了令人难以容忍的程度。时雄作为监护人实在看不下去了，就劝说芳子，让她把事情一五一十地告诉了老家的父母。然后，时雄也就此事给芳子的父亲写了一封长信。即使在这种情况下，时雄也努力地试图充分赢得芳子的感激。他欺骗着自己的内心——把这称为悲壮的牺牲，终于成了这场恋爱的"温情保护者"。

从备中山里来了好几封信。

七

　　翌年一月，时雄因为地理方面的工作，在上武边界①的利根河畔出差。他从去年年底就到了这边，所以很担心家里的事——特别是芳子的事。但也不能为此而不顾公务。到正月二号他回了一趟东京，那时次子正闹牙疼，妻子和芳子一直在照顾孩子。时雄从妻子那儿得知，芳子似乎更深地沉溺于恋爱中了。除夕之夜，田中的生活无以为继，旅馆也回不去，在通宵运行的火车里过了一夜。由于两人的来往过于频繁，时雄的妻子委婉地提醒芳子却与她发生了争吵。此外，时雄还听到了其他各种各样的事。他感到十分棘手，住了一晚就又回利根河畔去了。

现在是五号的晚上。苍茫的天空中，月亮带着一圈月晕，月光在河流中央碎成一片闪烁的金色。时雄展开桌上的一封信，仔细思考着芳子的事。这是刚才旅馆女佣拿来的芳子的信。

老师敬启

实在万分抱歉。对老师富于同情的恩德我将毕生不忘，此时此刻一想到您的关心，我不禁潸然泪下。

父母的态度如您所料。虽然承蒙老师如此为我说话，但守旧顽固的父母根本不体谅我们的心情，即使我哭着请求也得不到应允。我看了母亲的信就无法忍住泪水，我想哪怕对我的心

_____

① 指上州（今群马县）与武藏（今埼玉县、东京都）的边界。

情稍微体谅一点也好。现在我才痛切地感到爱情是如此的痛苦。老师，我已下定决心。就像《圣经》所说的那样，女子应该离开父母跟随丈夫，我打算跟随田中。

田中尚未谋得生计，带来的钱已经用完，去年年底过着潦倒落魄的生活。我已经不忍心再看下去了。即使得不到家里的资助，我们也要尽两人最大的可能在这个世界上生活下去。让老师操心，真的很对不起。您担心难以尽到监护责任，这也是理所当然的。但老师那样煞费苦心地为我们向老家的父母说情，而父母却置之不理，只是毫无意义地生气，对我们不理不睬，实在太冷酷无情了，即使被断绝父女关系也是没办法的事。他们总是说我们堕落、堕落，总说不与我们为伍，但是我们的爱情难道就那么不正经吗？而且他们还总说门第、门第的，我不是那种按照父母的愿望来安排自己爱情的旧式女孩，这一点，老师也是同意的吧？

老师，我决心已定。昨天我在上野图书馆看到了招聘女见习生的广告，想去应聘试试。两个人一起拼命工作的话，难道

还会挨饿不成？如果像现在这样住在老师家，只会让老师和师
母担心，我实在过意不去。恳请老师原谅我的决定。

芳子　敬上

爱情的力量终于使两人深陷其中难以自拔。时雄感到已
不能再置之不管了。他想起自己为博取芳子的欢心而采取的
"温情保护者"的态度。在寄给备中芳子父亲的信中，时雄
竭力庇护两人的爱情，信的主要内容就是恳请芳子父母无论
如何要应允这份恋情。时雄早知道芳子的父母根本不会同
意。他反倒希望他们极力反对此事。芳子的父母果然极力反
对，甚至说出了如果不听劝告就断绝关系的话。两人真是为
爱情付出了应有的代价。时雄始终在为芳子申辩，说他们的
恋爱并非出于不健康的目的，并请求父母当中一定有一位到
东京来解决这个问题。但是，老家的父母说，既然作为监护
人的时雄持如此看法，而他们自己又绝不可能同意，所以即

使到东京也无济于事，最终他们没有来东京。

现在，时雄面对芳子的来信思考着。

两人的状态已经发展到了刻不容缓的地步。时雄感到，他们要脱离时雄的监护一起生活，在这样大胆的言辞之中有很多值得警惕的成分。不，时雄觉得他们说不定已经迈出了那一步。另一方面，想到自己为了他们如此尽心尽力，两人却无视自己的好意做出这样的决定，真是无情无义，时雄情绪激动起来，以至想撒手不管了。

为了平息心中的波澜，时雄来到月色朦胧的利根川堤坝上散步。月亮带着月晕，虽是冬夜却透着一丝暖意，河堤下边家家户户的窗口都静静地射出祥和的灯光。河面上飘着一层薄雾，不时传来过往船只"吱吱"的橹声。下游有人"喂——"地喊着要摆渡。浮桥上横渡的汽车轰轰作响，接着又是一片寂静。时雄在堤坝上边走边浮想联翩。激荡在他内心的，与其说是芳子的事，不如说是更为痛切的自己家庭的寂寞。三十五六岁的男女所最能体会的生活的痛苦、事业的烦恼、性欲的不满等等，以可怕的力量压迫着时雄的内心。对他来说，芳子既是平凡生活的花朵又是精神的食粮。芳子那优美的力量，使他荒野般的内心绽开了花朵，使锈蚀殆尽的洪钟再度鸣响。因为芳子，复苏的朝气才得以重新焕发。然而现在，他竟然不得不回到往昔那寂寞荒凉的平凡生活中……时雄的情绪比不平和嫉妒更加激烈，滚烫滚烫的泪水顺着他的脸颊流了下来。

他认真地考虑着芳子的爱情和她的一生。对照自己的经历，他设想了两人同居之后的倦怠、疲劳和冷酷，又想到女人一旦委身于男人之后的可怜境遇。此时，面对隐藏于自然最深处的黑暗力量而产生的厌世情绪，袭上了他的心头。

时雄感到必须认真地解决这个问题了。他意识到迄今为止自己的行为极其不自然和不认真。那天晚上，时雄诚挚地给备中山里的芳子父母写了一封信。他把芳子的来信夹在其中，在信里详细讲述了两人的近况，最后写道：

　　我认为认真讨论这一问题的时候已经到了，您作为父亲，鄙人作为老师，还有他们两个当事者应该在一起面对面地商量。您自然有身为父亲的看法，芳子也应该有芳子的自由，鄙人也有作为老师的意见，我深知您十分繁忙，但万望您百忙之中拨冗赴京。

　　时雄就此搁笔。他将信放入信封，在信封上写下"备中乡新见町横山兵臧先生"，然后把信放在旁边，目不转睛地盯着。心想，这是决定命运的一招。他把心一横，叫女佣将信寄了出去。

　　一天，两天，时雄想像着这封信被送到备中山里的情景。在四面环山的乡间小镇中央，有一座高大的白墙建筑，邮差把信送到那里后，店里的伙计把信拿到里屋。身材高大、蓄着胡须的主人读着这封信——命运的力量一分一秒地逼近了。

八

时雄在十号回到了东京。

第二天，备中的回信到了，信中说芳子的父亲两三天之内就动身。

芳子和田中如今似乎反倒希望如此，听到消息时也并没有吃惊的样子。

芳子的父亲到东京之后，先到京桥找了个旅馆，到牛込时雄家拜访是在十六日上午十一点左右。正值周日，时雄在家。芳子的父亲穿着双排扣的长礼服，戴着礼帽，似乎因长途旅行而有些疲惫。

那天芳子去了医院。大约三天前她得了感冒，有些发烧，还说头疼。没过多久，芳子就回来了，她毫不知情地从后门一进来，时雄的妻子就说："芳子小姐，芳子小姐，不好了，你父亲来了。"

"我父亲？"

芳子到底还是吃了一惊。

她直接就上了二楼没有再下来。

里屋在叫"芳子呢"，所以时雄的妻子也在楼下试着叫了一下，但没有回应。她上楼一看，芳子正趴在桌子上。

"芳子小姐。"

没有回答。

时雄的妻子走到芳子旁边又叫了一声，芳子抬起了神经质的苍白的脸。

"里屋在叫你呢。"

"可是，师母，我怎么有脸见父亲啊？"

芳子哭泣着。

"不过，你不是好久没见父亲了吗？反正都得见呀。没什么值得那么担心的，没关系的啊。"

"可是，师母。"

"真的没事，振作一点，好好把你的心思跟父亲说说。真的没事啊。"

芳子终于来到父亲面前。一看到父亲那长满胡须、威严中略带慈祥的令人依恋的面容，芳子的泪水忍不住夺眶而出。这个守旧而顽固的老头儿，不理解年轻人心理的老头儿，即便如此他仍然是一位慈祥的父亲。母亲操持家中一切，一直照顾自己，但不知为何，比起母亲来，芳子更喜欢这位父亲。她觉得如果把自己如今的窘迫倾诉出来，哭诉这场恋情的真挚，父亲也未必不会被打动。

"芳子，好久没见啦，……身体还好吧？"

"爸爸……"芳子说不下去了。

"这次来的时候……"父亲对坐在旁边的时雄说,"好像是在佐野和御殿场之间吧,火车出了故障,等了差不多两个小时。蒸汽机爆裂了。"

"那可真是……"

"正在全速前进的时候,听到了可怕的声音,火车倾斜得很厉害,慢慢向后滑,我想怎么回事啊。原来是蒸汽机爆裂了,两个锅炉工当场死了……"

"那太危险了!"

"等到从沼津调来火车头装上,等了两个小时,那段时间,我就想……要是因为这个我就这样在来东京的途中出了意外,小芳(这次转向了女儿)你就对不起你哥哥了。"

芳子低垂着头沉默不语。

"那可真危险。不过没有受伤就好。"

"欸,是啊。"

芳子的父亲和时雄谈论了一会儿关于蒸汽机爆裂的事。突然，芳子说：

"爸爸，家里都好吧？"

"嗯，都好。"

"妈妈也……"

"嗯，这次因为我忙，本来想叫你妈妈来，可是又觉得还是我来好些……"

"哥哥也好吗？"

"嗯，那小子最近也稍微消停一点儿了。"

东拉西扯之间，午饭端了上来。芳子回自己的房间去了。吃完饭，一边喝茶，时雄一边提到了一直以来的那个问题。

"那么，您是无论如何也不赞成了？"

"问题还不是赞成不赞成。现在，就算我同意了，他们两人在一起，男的才二十二岁，只是同志社三年级学生……"

"那倒也是，不过见过本人之后，未来的约定之类……"

"不，约定什么的，那种事我不会做。我没见过本人，也不怎么了解他，但是利用女学生去东京的机会，让她中途留宿，又在一夜之间背离了多年有恩的神户教会的恩人，这种男人实在不像话。前段时间，小芳给她妈写信说，那个男的很穷困，请我们多体谅，哪怕减少一点自己的学费也行，要我们出钱供他上早稻田大学，他是早有预谋吧，小芳是不是受骗了？"

"我倒觉得不会有那样的事……"

"我总觉得有些事情很奇怪。他跟芳子好上之后，马上就说讨厌宗教喜欢上了文学，这就很奇怪，他又很快追着跑到东京来，不听您的劝告，待在东京到了衣食不保的地步，这些都像是有企图的。"

"那可能是因为沉溺在爱情里，所以也可以从好的方面来解释。"

"就算是那样也不存在同意不同意的问题，婚约是件大事……。要谈婚约必须得调查对方的身份，看看和我们的身份是不是般配，还得调查血统。而且人品是最重要的。您说依您看他是个有才华的人，可……"

"不，也不是那样。"

"他到底是个什么样的人……"

"听说倒是芳子的母亲她们比较了解他。"

"哪里，我妻子只不过在须磨的周日学校①见过一两次，好像也不太了解。据说他在神户多少是个人才，小芳好像在女子学院的时候就知道他。听说让他讲道或祈祷的时候，那种伶牙俐齿连大人都比不了。"

---

① 基督教教会每周日将孩子们集中起来进行宗教教育，称"周日学校"。

"怪不得他说话都带着演讲的腔调，注重形式，那种讨厌的朝上翻眼珠的样子，就是他祈祷时候的表情。"时雄说道，心里恍然大悟。接着他想到，田中就是用那种令人生厌的表情迷惑年轻女孩的，心中一阵不快。

"那么，到底怎么办？要把芳子带回去吗？"

"话虽如此，……我还是想尽量不带她回去。突然把女儿带回村里，太惹眼，也不太好。我和妻子都在村里从事各种慈善事业，担任着名誉职务，这个事情要是传开了，可能会出现非常尴尬的局面……。所以，我，还是希望像您说的那样，尽可能让那个男的回京都去，让小女留在这儿一两年，还请您继续关照……"

"这样很好啊。"时雄说。

他们也聊了一点关于两人之间关系的话题。时雄说到了京都嵯峨的情况以及那之后的经过，说两人之间也许只有神圣的精神恋爱，没有不纯洁的关系。芳子的父亲听着，虽然点了点头，却说："可是，也可能已经有了那种关系，不能不往那儿想啊。"

事到如今，芳子父亲的心中更多的是对女儿之事的懊悔。出于乡下人的虚荣，把女儿送到神户女校那样的时髦学校，让她过那种寄宿生活，为了满足女儿的热切希望送她到东京来学写小说，因为女儿体弱多病而对她言听计从、疏于管束等等，凡此种种，都涌上了芳子父亲的心头。

一小时后，专门派人去叫的田中来到了这个房间。芳子庇发低垂，也在一旁听他们谈话。芳子父亲眼前的田中根本就不是他中意的人。那穿着白条纹裙裤和蓝底碎白纹外褂的书生模样，使芳子父亲的心中充满了轻蔑和憎恶之感。那种对掠夺了自己所有的可憎男子的感觉，与时雄在旅馆见到田中时曾经有过的感觉何其相似。

田中整理了一下裙裤的裤线，挺直腰板坐在那里，目不转睛地看着前方二尺远的榻榻米。显而易见，那姿态与其说是服从，毋宁说是反抗。由于有些过于强硬，看上去就像是自己拥有某种自由支配芳子的权利一样。

谈话进行得严肃而激烈。芳子的父亲虽然没有直接谴责田中厚颜无耻，但言辞间却时时夹杂着辛辣的挖苦。开始是时雄先发话，但从中间就主要是芳子父亲和田中在说。芳子的父亲到底当过县议会的议员，说话抑扬顿挫，富于技巧，使惯于演说的田中也常常哑口无言。尽管谈到了是否允许两人恋爱的问题，但被芳子的父亲顶了回去，说这并不是现在应该讨论的事。他们主要谈论了目前田中回京都的问题。

看来，恋爱中的这两个人——特别是对男的来说，分离是极度痛苦的。他已经完全失去了从事宗教工作的资格，又无家可归，无乡可回，在经历了两三个月的漂泊之后好不容易在东京刚刚看到一线未来的曙光，所以不忍舍弃这一切而离去，田中以这些理由作为挡箭牌，反复重申不可能回乡。

芳子的父亲言辞恳切地劝说道：

"你说事到如今你回不了京都，倒也确实是回不去。但是，现在的情形是，如果钟爱一个女人，难道不应该为这个女人做出牺牲吗？既然回不了京都就回乡下。你说回去就实现不了自己的目标了，我要说的正是这个。你就做出这个牺牲难道不行吗？"

田中低头不语。看来他是不会轻易答应的。

刚才一直沉默倾听的时雄，感到田中实在太过顽固，就突然厉声说，"田中，我从刚才一直在听，芳子的父亲那么苦口婆心说的话你还不明白吗？芳子的父亲既没有向你兴师问罪，也没有指责你不知廉耻，而且将来要是有缘，也并不是不承认你们的爱情。你还年轻，芳子现在也正在读书。所以你们俩现在暂时把恋爱问题就这样放一放，以后再看未来的发展，这你也不明白吗？现在的情况是，无论如何不能让你们俩在一起。必须得有一个离开东京。要说离开东京，你先离开是最合理的。理由就是，你是追着芳子到东京来的。"

"这些我都明白，"田中回答，"所有的事都是我不好，所以我必须先走。老师您说现在并不是不承认我们的爱情，可是芳子父亲刚才说的话还不能让我满意……"

"什么意思？"时雄反问道。

"是说不满意没有给你真正的承诺吧？"芳子的父亲插话说，"但是，这个问题刚才不是已经说清楚了吗？在目前的情况下，没法谈什么同意不同意。你们还没独立，正在学习，就说要两人一起在这个世界上安身立命，怎么看都不可信。所以我觉得你们俩这三四年都好好学习才对。如果你是认真的，那么我说到这份上你不会不明白吧？你要是说我想暂时把你瞒过去，然后把小芳嫁给别人，这是该不满。但是我向上帝发誓，当着老师的面把话说明，三年之内不会从我手里把小芳嫁出去。人的世界都遵照耶和华的旨意，罪孽深重的人除了等待耶和华的有力审判之外别无选择，我不能对你承诺把小芳嫁给你。现在我的内心不允许这么做，我觉得这次的事不符合上帝的旨意。三年之后，是不是符合上帝的旨意，现在还不能预言，不过我觉得，只要你的心是认真和诚恳的，就一定会符合上帝的旨意。"

"芳子父亲多么通情达理啊。"时雄接过话茬说，"为了你，等三年。芳子父亲说把足以相信你的三年时间给你，这实在是莫大的恩惠。即便芳子父亲说，没必要跟你这种勾引人家女儿的家伙认真谈话，直接把芳子带回老家，你也不该有任何怨言，何况他反而说等你三年，直到看出你的真心之前都不把芳子嫁给别人。这真是恩重如山的话啊。这比同意你们恋爱更有情义。你难道不明白这一切吗？"

田中低着头皱起眉头，眼泪扑簌簌地顺着脸颊流了下来。

举座变得鸦雀无声。

田中用拳头擦了擦涌出的眼泪。时雄觉得时机成熟，就问：

"怎么样？给个回话啊。"

"我这样的人怎么都行。就是一辈子待在乡下也无所谓！"

田中说着又擦了一下眼泪。

"这样可不行。说这种气话也没有用。大家聚在这儿，就是为了推心置腹地说出心里话，争取让彼此都满意。既然你这么不愿意回乡下，那就只有让芳子回老家了。"

"就不能两人一起留在东京吗？"

"不能。从监护方面考虑不能这样。为你们俩的将来考虑也不能这样。"

"那我就一辈子待在乡下好了！"

"不，我回去。"芳子流着泪用颤抖的声音说，"我是……是女的……只要你成功的话，我即使待在乡下也没关系，我回去。"

大家再度陷入沉默。

过了一会儿，时雄改变了语气说：

"即便如此，你为什么就不能回京都呢？你把经过一五一十地告诉神户的恩人，为迄今为止的过错道歉，回同志社去读书，这样难道不好吗？你没必要因为芳子小姐立志从文，就非当文学家不可。当一个宗教家、神学者或者牧师，这样立身社会也很好啊。"

"宗教家是根本不可能的。我不是那种面对人们说教的伟人。……而且，让我觉得遗憾的是，我苦熬了三个月，实际上终于在好朋友的帮助下找到了解决温饱的门路，……我不甘心一辈子待在乡下。"

三人继续谈了一阵。谈话终于告一段落。田中说今天晚上跟朋友商量一下，明天或后天之前再给一个确切的答复，就先回去了。时间已是午后四点，冬日昼短，一直映照着房间一隅的阳光不知何时已消散殆尽。

房间里只剩下芳子的父亲和时雄两人。

"真是个优柔寡断的人啊。"芳子的父亲委婉地说。

"净说表面话，完全不得要领。要是再坦率一些，直言不讳地跟我们谈就好了……"

"中国地区①的人是做不到那样的，又小心眼儿，又爱耍花招，为达到目的不顾廉耻。关东和东北地区的人就完全不一样啊。好就是好，不好就是不好，实话实说，这样多好啊。可他就是不行。耍花招，好狡辩，还哭哭啼啼的……"

"真是这样啊。"

"等着瞧吧，他明天肯定不会痛快地答应，肯定找各种各样的借口不回去。"

时雄心里突然对两人的关系起了疑心。田中的激烈态

---

① 日本地理名称，指本州西部地区，包括冈山、广岛、山口、岛根、鸟取五个县。

度，以及他那种有权将芳子据为己有的表现，是引起时雄产生怀疑的原因。

"那，您怎么看他们两人的关系？"

时雄问芳子的父亲。

"这个嘛，我还是觉得他们已经发生了关系。"

"我觉得，现在有必要确认一下，让芳子小姐解释一下嵯峨的旅行怎么样？因为她说恋爱是去嵯峨旅行之后才开始的，应该有信件可以证明。"

"诶，那倒不必了吧……"

芳子的父亲似乎一边相信他们有了关系，但同时又害怕这是事实。

不巧恰在此时芳子端着茶过来了。

时雄把她叫住，说应该有能够证明情况的信件，强迫她把那段时间的通信拿给他们看，以证明她的清白。

听了这话，芳子的脸一下子红了。那种极度的为难在她的表情和姿态上尽显无遗。

"那时候的信，前段时间全都烧掉了。"芳子的声音很低。

"烧掉了？"

"嗯。"

芳子低下了头。

"烧了？不可能吧。"

芳子的脸越来越红。时雄抑制不住情绪的激动。事实以可怕的力量直刺他的内心。

时雄起身向厕所走去。他感到心情焦躁，头脑晕眩。被骗了，这个念头强烈地冲上心头。从厕所一出来，只见芳子正在那儿——纸拉门外，惴惴不安地站着。

"老师——是真的，我都给烧掉了。"

"你就撒谎吧。"时雄以斥责的口吻说，他进到房里猛地关上了拉门。

九

芳子的父亲吃过晚饭后就回旅店了。那个晚上，时雄烦闷异常。一想到自己被欺骗了，他就恼怒得无以复加。不，芳子的灵魂和肉体——她的一切都被一个读书郎夺走了，而自己竟然还认认真真地为他们的爱情尽心尽力，一想到这点他就怒火中烧。既然如此——既然她已经委身于那个男子，那么她的处女的贞操就根本不值得尊重。自己也大胆出手，满足性欲多好。这样一想，一直被自己视为美若天仙的芳子，就像变成了卖淫女之流，她的身体也变得蠢笨，优雅的举止和表情也变得下贱了。那一夜，时雄翻来覆去几乎未能成眠。各种各样的情感如乌云般掠过心间。时雄把手放在胸口思索着。他想，干脆这样吧，反正她已经委身于那个男子，成为不洁之身，就这样，把男的赶回京都，然后利用芳子的这个短处，自己就为所欲为吧。种种念头浮现在脑海。芳子在家中二楼睡觉的时候，假如悄悄爬上楼去，倾诉自己无法排遣的爱恋会怎样？她也许会端坐着劝谏自己，也许会大声呼叫，或者也可能会体谅自己的悲苦恋情而做出牺牲。果真做出牺牲的话，第二天早上会怎样呢？明亮的阳光照射进来，肯定会不忍看对方的脸吧。肯定会不吃早饭直睡到日上三竿吧。这时，时雄想起了莫泊桑的短篇小说《父亲》。小说中的少女在委身男人之后失声痛哭的情景，曾使他感触颇深，现在他又想起了这一幕。想到这里，又另外产生出一股抗拒这种阴暗想像的力量，两种想法激烈地交战。于是，他愈加烦闷，愈加懊恼，在百转纠结中听着时钟敲响了两点、三点。

　　芳子无疑也很烦闷，早晨起床时面色苍白，早饭也只吃了一碗。她似乎在尽量躲避与时雄碰面。芳子的烦闷似乎不在于秘密被暴露，而在于她对隐瞒真相的悔悟。芳子说下午想出去一趟，但时雄没有同意，他待在家里没去上班。一天的时间就这样过去了。田中那里没有任何回音。

　　午饭和晚饭芳子都没吃，说是没有胃口。家里充满了阴郁的气氛。时雄的妻子看到丈夫心情不好，芳子也烦闷不已，不由得心中难过，思忖着究竟是怎么回事。从昨天谈话的情形来看，好像一切都圆满解决了呀……。妻子上二楼去劝芳子，一碗都不吃，肚子饿了可没办法。时雄在寂寥的薄暮中阴沉着脸喝酒。不一会儿，妻子就下来了。时雄问芳子在干什么，妻子说，房间昏暗，灯也没开，芳子把写了一半的信摊在桌上正趴着呢。信？给谁的信？时雄激动起来。他想向芳子宣布，这种信写了也没用，便踏着重重的足音上了二楼。

"老师，求求您了。"

时雄听到祈祷般的声音。芳子仍旧伏在桌上。"老师，求求您了，请稍等一会儿。我写好信会交给您。"

时雄从二楼下来。过了一会儿，妻子让女佣上楼去把灯打开。女佣下楼时，拿来一封信递给了时雄。

时雄以迫不及待的心情读了起来。

老师敬启

我是一个堕落的女学生。我利用了老师的好意，欺骗了老师。我知道自己犯下了严重的过错，无论怎样赔罪都不可原谅。老师，请可怜可怜我这个弱者吧。我没有尽到老师所教诲的明治新女性的义务。我仍然是一个守旧的女子，没有实践新思想的勇气。我跟田中商量过，无论发生什么事，只有这件事决不对人说。过去的事已经无法挽回，但是我们约定从今往后要保持纯洁的爱情。然而，老师，一想到您的一切烦恼都是因为我做事不周，我就再也不能无动于衷了。今天一整天我都在为此难过。恳请老师，请怜悯我这个可怜的女子吧。除了仰仗老师之外，我无路可走。

芳子

此刻，时雄更加感到如坠深渊。他拿着信站了起来。激愤的心情使他无暇解释芳子胆敢如此忏悔的原因——那种毫不隐瞒地说出一切并仰仗老师的态度。他大声地踏着楼梯上了楼，在芳子伏身的桌旁神情严肃地坐下。

"事已至此，没有办法了。我已经无法可想。这封信还给你，关于这件事，我保证不对任何人说。总之，你把我当作老师来信任，这种态度作为日本新女性来说并不可耻。但事已至此，你回家乡才是最妥当的。今天晚上——现在就马上去你父亲那里吧，然后把全部经过都告诉你父亲，最好尽快回老家去。"

于是，他们吃过晚饭就马上收拾东西出门了。芳子心中或许充满了种种不服、不平和悲哀，然而却无法违背时雄威严的命令。他们从市谷站上了火车。两人并排坐下，但互相一句话也没说。在山下门站下了车，到京桥的旅店时，芳子的父亲正巧在房间里。原原本本地交代完实情——芳子的父亲并没有太生气。只是似乎想要尽量避免跟芳子一起回家乡，但除此之外又别无他法。芳子既不哭也不笑，似乎只是愕然于命运的不可思议。时雄问芳子的父亲，能不能跟芳子断绝关系，把芳子完全托付给自己，父亲说，芳子本人是否愿意跟父母断绝关系不得而知，但就一般情况而言当然是不行的。芳子也并没有即便舍弃父母也拒绝回乡的决心。这样，时雄把芳子交给她父亲就回家了。

十

　　第二天早晨，田中造访了时雄。他还不知道大势已定，
试图详细说明自己的情况不适宜回乡。通常来讲，与灵肉相
许的恋人，是无论如何都不愿分离的。

　　时雄的脸上露出得意之色。

　　"不用说了，你们的问题已经解决了。芳子把全部经过
都原原本本地说了。我知道你们一直在欺骗我。多么神圣的
爱情啊。"

　　田中一下子脸色大变。羞耻之感、激愤之情以及绝望的

苦闷刺痛着他的心。他无言以对。

"已经没办法了。"时雄继续说，"我不能再管你们的爱情了。不，我已经厌烦了。我把芳子交给他父亲监护了。"

田中一言不发地坐着。他苍白的脸上，肌肉的颤抖清晰可见。突然，他好像待不下去了，急忙鞠了一躬，离开了时雄家。

上午十点左右，芳子的父亲带着女儿来了。他们要乘今晚的神户快车回老家，所以先收拾一些随身物品走，大部分行李请时雄他们以后帮着寄回去。芳子上楼来到自己的房间，开始整理东西。

时雄虽然内心还是很激动，但是比以前轻松了不少。一想到二百余里山水相隔，今后再也看不到芳子那美丽的面庞了，时雄就感到一种难以名状的寂寞，不过，把所爱的女子从竞争者手里移交给了她父亲，这多少也是令人愉快的。所以，时雄同芳子的父亲倒是十分高兴地聊开了。芳子的父亲是乡绅中常见的那种书画爱好者，他喜欢雪舟①、应举②、容斋③的绘画以及山阳④、竹田⑤、海屋⑥、茶山⑦的书法，收藏了许多他们的名作。话题自然地转到了这方面。一时间，平凡的书画掌故充满了整个房间。

田中来了，说想见时雄。时雄把八张榻榻米和六张榻榻米房间之间的隔断关上，在八张榻榻米的房间见了田中。芳子的父亲在六张榻榻米的房间。芳子在二楼的房间里。

"要回老家了吗？"

---

① 雪舟等杨（1420—1506），日本室町时代著名画家，1467 年曾随遣明船访问中国，游历名山川并大量写生，工水墨山水，作品广泛吸收中国宋元及唐代绘画风格。
② 圆山应举（1733—1795），江户时代中期画家，圆山派创始者。
③ 菊池容斋（1788—1878），江户末年、明治初期的画家，擅长历史画。
④ 赖山阳（1780—1832），江户时代后期的汉学家、历史学家和书法家，著有《日本外史》。
⑤ 田能村竹田（1777—1835），江户时代后期画家，工花鸟山水和文人画，擅诗文。
⑥ 贯名海屋（1778—1863），江户末年著名书法家，"幕末三笔"之一。
⑦ 菅茶山（1748—1827），江户时代后期儒学家、汉诗人。

"嗯，反正，都是要回去的。"

"阿芳小姐也一起回去？"

"那当然了。"

"什么时候走？能告诉我吗？"

"现在这种情况，我不能告诉你。"

"那么就一小会儿……能不能让我跟阿芳小姐见一面？"

"那不行。"

"那，父亲大人住在哪儿？想问问门牌号行吗？"

"这个，我不知道该不该告诉你。"

田中见时雄不理不睬，默默地坐了一会儿，就告辞走了。

午餐的菜肴很快摆到了八张榻榻米的房间里。由于这是告别的一餐，时雄的妻子特意用心地准备了各种酒菜。时雄也打算三人一起聚餐一次，以此作别。但是芳子说什么也不想吃。时雄的妻子怎么劝她也不来。时雄就亲自上了二楼。

只有东边开了一扇窗，在幽暗的房间里，书籍、杂志、衣服、腰带，还有瓶瓶罐罐、箱包提袋、中式木箱等等，铺散了一地，几乎无从落脚，在扑鼻而来的灰尘气味中，芳子哭肿了双眼，正在收拾行李。三年前，芳子怀抱一颗涌动着青春希望的心来到东京，与那时相比，此时此刻是何等的悲惨，何等的黯然神伤。一篇好作品也没有写出来，就这样回到乡下去，一想到如此命运，就难以抑止悲从中来。

"特意准备的饭菜，还是吃一点儿吧。今后很长时间都不能在一起吃饭了。"

"老师——"

芳子说着，哭了起来。

时雄一阵心痛，不由得深刻反省自己作为老师是否付出了温情，尽到了责任。他也落寞到几欲落泪。在光线昏暗的房间里，在四处散落的行李、书籍中，面对心爱女子的归乡之泪，时雄无言慰藉。

下午三点，来了三辆车。车夫把拿到门口的箱笼、中式木箱、信玄提袋搬到车里。芳子身披枣红色披风，头系白色发带，红肿着双眼。她紧紧握着出来送行的时雄妻子的手，说：

"师母，再见了……我，一定再来，一定会回来，不会食言的。"

"说好了啊，一定再来啊。过一年左右，一定啊。"

时雄的妻子说着，也紧紧握住了芳子的手。她眼里也涌出了泪水。女人心软，同情的感觉在她小小的心怀里弥漫开来。

冬日的微寒中，最前边是芳子的父亲，然后是芳子，接着是时雄，三辆车依次从牛込的住宅区出发了。时雄的妻子和女佣依依不舍地目送着远去的车影。邻家的主妇在她们身后观看这突如其来的出行是怎么回事。主妇身后的小路拐角处，站着一个头戴褐色帽子的男子。芳子回头张望了两三次。

车子在麴町的马路上驶往日比谷时，时雄心中浮现出当今的女学生形象。芳子就在前边行进的车上，高高的二〇三高地发髻①、白色的发带、微微含胸的背影，像她这般形象，在如此情境之下，连同行李一起被父亲带回老家的女学生想必有很多。芳子，就连那个意志坚强的芳子也落得如此命运。看来教育家们对女性问题喧嚣鼓噪也并非没有道理。时雄一路想着芳子父亲的痛苦、芳子的眼泪以及自身的荒芜生活。路人中有人意味深长地看着这个满载行李、由父亲和中年男子护送着的如花似玉的女学生。

到京桥的旅店后，他们整理了一下行李，结了账。三年前，芳子初次由父亲领到东京来的时候，就住在这家旅店，

---

① 日本女性发髻的一种，在头顶部将发髻高高束起，日语称"二〇三高地卷"。日本在日俄战争中攻下203高地后广泛流行开来。"203高地"位于中国辽宁省大连市，从那里可以俯瞰旅顺港，日俄战争时由乃木希典率领的日军曾与俄军在这里发生过激战。

时雄曾经到此拜访父女二人。三人在内心对比今昔，感慨良多，然而都互相回避着不愿流露出来。五点钟，一行人到了新桥车站，进入了二等候车室。

里面混乱不堪，人头攒动，出发的人和送行的人都心神恍惚，响彻屋顶的噪音返回来震荡着旅客的心。悲哀、喜悦和好奇，在车站的各个角落汇聚成旋涡。每时每刻都有越来越多的乘客汇集过来，特别是乘坐六点这趟神户快车的人更多，二等候车室里转眼间已是摩肩接踵。时雄从二楼的点心店"壶屋"①买来两盒三明治递给了芳子。火车票和站台票也都买好了。行李的托运单也已拿到。现在只等发车时间了。

三个人都在想，在这些人群当中说不定会看见田中的身影。但是他的身影并没有出现。

_____

① "壶屋"是日本老字号的点心店，在永井荷风的《断肠亭日记》中也出现过（1927 年秋）。

铃声响了。人群纷纷向检票口聚集。大家都心急火燎地想要尽快上车，急不可待，那种拥挤混乱非同一般。三个人好不容易挤了过去，来到宽敞的站台。然后，父女俩上了最近的一节二等车厢。

　　旅客从后边陆陆续续地进来了。他们中有打算在长途旅行中睡觉的商人，有像是回吴①市一带的军官，还有毫不遮掩地用大阪方言喋喋不休东拉西扯的女人。芳子的父亲把白色毛毯长长地铺开，把小包放在旁边，跟芳子并排坐了下来。灯光照亮了整个车厢，芳子苍白的面庞看上去宛若浮雕。她父亲来到窗口，反复感谢时雄的厚意，又对遗留的事情一一拜托。时雄戴着褐色礼帽，身穿带有三个家徽的鱼子纹和服外褂，一直站在窗前。

　　发车时间分分秒秒地临近了。时雄想着这两个人的旅

――――――――――

　　① 吴，城市名，位于广岛县西南部，原为军港，造船业和重工业较发达。

程，想着芳子的未来。他总觉得自己与芳子有未尽的缘分。若是没有妻子，毫无疑问自己一定会得到芳子。芳子也一定很高兴成为自己的妻子。两人一起过着理想的生活、文学的生活，芳子一定会抚慰自己创作中难耐的烦闷，一定能够拯救自己业已荒芜的心灵。"为什么没有再早一些出生啊，我要是也出生在师母那个年代的话多有意思啊……"时雄想起了芳子对妻子说过的话。娶这位芳子为妻的命运恐怕永远也不会降临到自己身上了，把这位父亲称作自己岳父的那一天恐怕也不会来临了。人生漫长，命运具有奇异的力量。不是处女这一事实——一度失贞这一事实，或许对年长许多且育有子女的自己来说，反而是更容易娶她为妻的条件。命运、人生——曾经给芳子讲授过的屠格涅夫的《普宁与巴布林》①出现在时雄的脑海里。优秀的俄国作家所描绘的

---

① 《普宁与巴布林》是屠格涅夫晚年的作品，是一篇半自传体短篇小说，描写了农奴解放前夕的生活。

人生意义仿佛到现在才触动了他的心。

在时雄身后，有一群送行的人。人群背后，立柱旁边，站着一个不知何时到来的戴着旧礼帽的男子。芳子认出了他，心脏狂跳。芳子的父亲则十分不快。但是，时雄一直站在那里沉醉于幻想之中，他做梦也没想到那个男子就在他身后。

列车长吹响了发车的哨子。

火车开动了。

十一

寂寥而荒芜的生活，又回到了时雄家。妻子疲于应付孩子，喧闹的斥责声传入时雄耳鼓，带来　种不愉快的感觉。

生活重新回到了三年前的轨迹。

送走他们的第五天，芳子来信了。信并不是以往那令人怀念的白话文体，而是彬彬有礼的公文文体①。

信中写道："昨夜安抵，敬请勿念。此度百忙之中多有费心，至感不安，歉疚殊深。理应别前面谢大恩，并致歉意，然心中百感交集竟至未允最终饯行之宴，万望海涵。新桥一别，每当立于窗前，总觉褐色礼帽映照窗上，先生之身影今尤历历在目。行过北山，天降瑞雪，湛井之后，十五里山路，惟有悲伤萦绕于心。一茶^②名句'此处终老雪五尺'，感触尤深。今日适逢町中集市，家父不得脱身，择日必奉函致谢。由我失礼代笔，谨致谢忱。言不尽意，感慨万端，就此搁笔。"

时雄想像着积雪深厚的十五里山路，以及掩没在雪中的山间田舍。他走上二楼，分别之后这里一直原封未动。强烈的思念和眷恋使他想在这里追忆伊人依稀残存的面影。这一天，武藏野寒风劲吹，屋后的古树传来潮涌般骇人的声音。打开东边的一扇木板套窗，光线像流水一样倾泻进来，恰似离别的那天。书桌、书柜、瓶子、胭脂盒，依然如故，不禁

---

① 原文为"候文"，中世以后直到明治初期常用于书简、公文等的正式文体。句末多用敬语"候"，故名。
② 小林一茶（1763—1827），日本江户时代后期著名俳句诗人，本名弥太郎。一生大部分时间人在旅途，晚年定居故乡信浓。

令他感到心爱的人只是像往常一样去了学校。时雄拉开书桌的抽屉，里面扔着一根沾染了发油的旧丝带。时雄拿起来嗅着上面的气息。过了一会儿，他站起身打开了壁橱。只见三个大柳条包为了邮寄方便用细麻绳捆着，包的后面，是芳子一直使用的被褥——葱绿色蔓藤花纹的褥子，和相同花色的厚厚的棉被叠放在一起。时雄把被褥拽出来。一股女人的令人眷恋的油脂和香汗气味使他怦然心跳，无以言传。天鹅绒的被头上有明显的污痕，他把脸贴在上面，尽情地嗅着深深思念的女子的体香。

性欲、悲哀与绝望，顷刻间涌上时雄心头。他铺上褥子，盖上棉被，在冰凉的带着污渍的天鹅绒被子里埋头哭泣。

室内幽微昏暗，窗外狂风大作。

图书在版编目(CIP)数据

棉被/(日)田山花袋著;周阅译.—上海:上
海译文出版社,2011.10(2023.6重印)
ISBN 978 - 7 - 5327 - 5531 - 8

Ⅰ.①棉… Ⅱ.①田… ②周… Ⅲ.①中篇小说—日
本—现代 Ⅳ.①I313.45

中国版本图书馆 CIP 数据核字(2011)第 136268 号

蒲团
田山花袋

棉被

〔日〕田山花袋 著   周阅 译
责任编辑／姚东敏   装帧设计／张志全

上海译文出版社有限公司出版、发行
网址：www.yiwen.com.cn
201101   上海市闵行区号景路 159 弄 B 座
山东临沂新华印刷物流集团有限责任公司印刷

开本 787×1092   1/32   印张 4.25   插页 5   字数 40,000
2011 年 10 月第 1 版   2023 年 6 月第 3 次印刷
印数：12,001—14,000 册

ISBN 978 - 7 - 5327 - 5531 - 8/I·3243
定价：30.00 元